탈무드로 배우는 같이학교

[가치]

탈무드로 배우는 같이 학교 【가치】

글 강지혜 | **그림** 방현일
펴낸날 2015년 1월 30일 초판 1쇄, 2017년 2월 23일 초판 3쇄
펴낸이 김상수 | **기획·편집** 위혜정, 박정란, 김새롬 | **디자인** 문정선, 김송이 | **영업·마케팅** 황형석, 서희경
펴낸곳 루크하우스 | **주소** 서울시 성동구 아차산로 143 성수빌딩 208호 | **전화** 02)468-5057~8 | **팩스** 02)468-5051
출판등록 2010년 12월 15일 제2010-59호

www.lukhouse.com | cafe.naver.com/lukhouse

ISBN 979-11-5568-057-5 64800
ISBN 979-11-5568-055-1 (세트)

※ 잘못된 책은 구입처에서 바꾸어 드립니다.
※ 값은 뒤표지에 있습니다.

상상의집은 (주)루크하우스의 아동출판 브랜드입니다.

탈무드로 배우는 같이학교

[가치]

상상의집

차례

탈무드는

예부터 유대 인들에게 전해 내려오는

규범과 삶의 지혜가 담긴 이야기책입니다.

탈무드로 배우는 같이[가치]학교는

같이 생활하는 공동체를 처음 경험하는 어린이들에게,

탈무드 속 **가치**를 알려 주어

조화롭게 어울리는 긍정적인 태도를 심어 줍니다.

너그러움

남은 될 수 있는 대로 용서하고
자기 자신은 결코 용서하지 말라.

떠돌이 개

구름 사이로 빨간 해가 얼굴을 쏙 내밀더니 아침이 밝았어요.

꾸벅꾸벅 졸던 양들이 하나둘씩 깨어나기 시작했습니다.

그런데 밤사이 양 우리를 찾아온 손님이 있었어요.

“메에, 넌 누구니? 처음 보는 녀석인데?”

양들은 구석에 웅크리고 있는 개에게 말을 걸었어요.

“나는 떠돌이 개야. 외롭고 배고파서 여기로 왔어. 흑흑.”

“애고, 울지 마. 많이 힘들었구나…….”

양들은 떠돌이 개의 슬픈 눈빛을 보자 도와주고 싶었어요.

하지만 양치기가 오면 개를 내쫓을 것 같았지요.

“얘야, 일단 우리 사이에 숨어.”

“그래. 양치기가 오면, 멍멍 짖지 말고 조용히 있어야 돼.”

“고마워, 양들아. 너희는 마음이 너그럽고 따뜻하구나.”

양들은 서둘러 떠돌이 개를 숨겨 주었습니다.

얼마 지나지 않아, 수염이 삐죽삐죽 난 양치기가 나타났어요.

아직 잠에서 덜 깬 듯, 눈을 비비며 양들의 숫자를 세기 시작했답니다.

"모두 잘 있었지? 한 마리, 두 마리…… 열다섯 마리……."

숫자를 세던 양치기가 머리를 긁적였어요.

"어, 이상하다. 밤새 새끼를 낳았나? 왜 한 마리가 더 있지?"

양치기가 눈을 끔뻑거리며 다가오자, 양들은 긴장했어요.

"어라? 이 녀석은 개잖아. 넌 어디서 온 거니?"

양치기가 떠돌이 개를 보고 난감한 미소를 지었어요.

"나는 양을 돌보는 양치기야. 개는 필요 없단다……."

양치기가 개의 목덜미를 쓰다듬으며 안타깝다는 듯 말했어요.

그러자 떠돌이 개는 물론 양들도 슬픈 표정을 지었답니다.

결국, 한참을 고민하던 양치기는 왕궁으로 갔어요.

양들의 주인은 바로 임금님이었거든요.

"임금님, 양들 사이에서 떠돌이 개를 발견했습니다."

“그래? 그것참 희한한 일이로구나.”

임금님은 재미있는 사건이 벌어졌다는 듯 빙그레 웃었어요.

“떠돌이 개를 내쫓지 말고, 양들과 함께 기르도록 해라.”

임금님의 너그러운 마음에 양치기는 물론, 양들과 떠돌이 개까지 기뻐했어요.

그렇게 몇 년의 시간이 흘렀어요. 떠돌이 개와 양들이 어떻게 되었는지 궁금하지요?

떠돌이 개는 양들을 든든하게 지키는 양치기 개가 되었어요. 길을 잃은 양을 도와주고, 늑대가 오지 못하게 지켜 주었지요.

이제는 이 농장에서 없어서는 안 될 아주 소중한 존재가 되었답니다.

마음을 바다처럼 너그럽게 넓혀 볼까요?

어떤 이들은 너그러운 사람을 보면, 돈이나 시간이 많아서 남을 도와준다고 생각해요. 하지만 그렇지 않아요. 너그러운 사람은 무엇보다 마음이 넓어요. 가난하고 시간의 여유가 없어도, 넓고 따뜻한 마음씨만 있다면 상대방을 도와줄 수 있는걸요.

어느 날, 농장에 떠돌이 개가 나타났어요. 양들은 자신과 생김새가 다른 떠돌이 개를 경계하거나 내쫓을 수 있었지만 그러지 않았어요. 오히려 안타까워하며 너그럽게 감싸 주었답니다. 그렇게 새 식구가 된 떠돌이 개는, 양들에게 꼭 필요한 양치기 개가 되었답니다.

삽을 빌려준 남자

오늘 마을에 한 부부가 이사를 왔어요.

"훗, 이제 새집에서 행복하게 사는 거야."

남자의 손에는 온 가족이 활짝 웃고 있는 사진이 들려 있었어요.

"휴, 짐 정리가 겨우 끝났군. 이제 액자를 걸어 볼까?"

그런데 아무리 찾아도 망치가 보이지 않았어요.

"이런! 옛집에 두고 온 모양이야."

남자가 땀을 뻘뻘 흘리며 망치를 찾자, 아내가 말했어요.

"옆집에 가서 망치를 빌리는 게 어때요? 이참에 이웃끼리 인사도 나누고 말이에요."

아내의 말에 남자는 고개를 끄덕이며 옆집으로 향했답니다.

남자가 옆집 문을 "쿵쿵." 두드렸어요. 그런데 한참이 지나도 아무 대답이 없는 거예요.

"이상하군. 아무도 없는 건가?"

하는 수 없이 남자가 뒤돌아서려는 그 순간, 문이 활짝 열렸습니다.

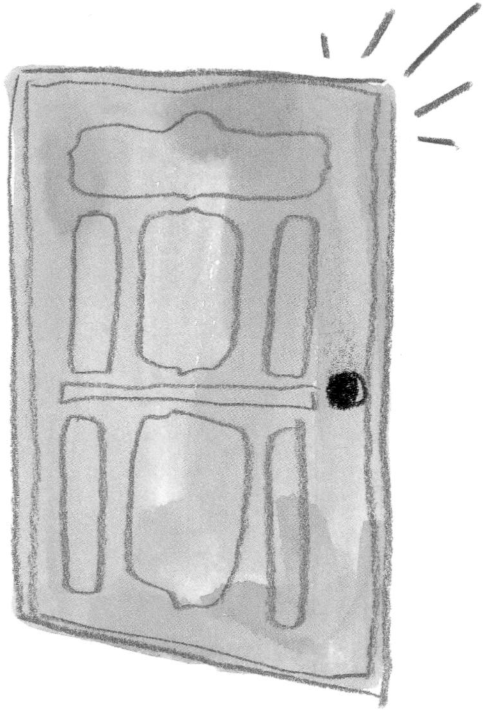

"아, 안녕하세요. 새로 이사 온 사람인데, 망치 좀 빌릴 수 있을까요?"

"망치요? 난 내 물건을 함부로 빌려주지 않아요."

옆집 사람이 어깨를 으쓱하더니 이내 문을 닫아 버렸어요.

"허 참, 잠깐 빌려준다고 망치가 닳기라도 하나?"

남자는 기분이 상해서 집으로 돌아왔답니다.

그리고 며칠이 지났어요. 누군가 부부의 집 문을 "똑똑." 두드렸답니다.

남자가 문을 열자, 옆집 사람이 서 있었어요.

"미안하지만, 삽 좀 빌릴 수 있을까요?"

"네? 지금 뭐라고 하셨나요?"

"나무를 심어야 하는데 삽이 보이질 않아서요……."

남자는 얼마 전에 옆집 사람이 망치를 빌려주지 않았던 일을 떠올렸어요.

그런데 삽을 빌리러 오다니, 뻔뻔하다고 생각했지요.

"지난번에 저한테 망치를 빌려주지 않으셨죠?"

남자의 말을 들은 옆집 사람의 얼굴이 붉어졌어요.

남자는 화가 났지만, 마음 한구석에서 이런 생각이 들었어요.

'지금 삽을 빌려주지 않으면 나도 똑같은 사람이 되는 거야. 마음을 너그럽게 먹자.'

생각을 마친 남자는 미소를 지으며 옆집 사람에게 말했어요.

"…… 하지만 저는 삽을 빌려 드리죠. 잠시만요."

남자는 헛간으로 가서 삽을 가져와 옆집 사람에게 빌려주었어요.

"저, 정말 감사합니다."

남자의 너그러운 태도에 옆집 사람은 너무 부끄러워서 쥐구멍에라도 숨고 싶었답니다.

너그러운 마음은 상대방과 나를 감동시켜요

친한 친구가 장난을 치다가 내 옷에 우유를 쏟았어요. 순간 심장이 쿵쾅거리고 머리카락은 삐죽하며 화가 났지요. 하지만 무조건 화를 내지 말고, 심호흡을 하며 이렇게 생각해 보는 건 어때요?

'누구나 실수를 하는 거야. 나도 우유를 엎지를 수 있으니까.'

그리고 친구에게 아무렇지도 않게 웃어 보이며 이렇게 말해 주세요.

"괜찮아. 그럴 수도 있지 뭐."

그렇다면 친구는 나에게 더 미안하고 고마운 마음을 갖게 될 거예요.

살다 보면, 화가 나는 일이 있기 마련이에요. 하지만 그때마다 화를 낸다면, 인상 쓰고 소리 지르는 기계가 될지도 몰라요.

화를 낼 때 자신의 모습을 거울로 보면, 엄청 못생겨 보인대요. 그러니까 화를 내기 전에 마음을 너그럽게 다스려 보는 건 어떨까요?

아이들에게 배를 나눠 준 너그러운 황희 정승

조선의 명재상 황희 정승이 사랑채에 앉아 책을 읽고 있었어요.

그런데 마당에서 자꾸 "탁! 탁! 툭!" 하는 소리가 나는 거예요.

"어허, 도대체 무슨 일이지?"

황희 정승이 슬며시 방문을 열자, 마을 아이들의 모습이 보였어요.

"잘 좀 맞혀 봐!"

"조용히 해. 누가 들으면 어쩌려고!"

아이들은 마당에 있는 배나무를 향해 돌을 던지고 있었어요. 돌로 배를 맞혀서 떨어지면 주워서 도망갈 생각이었던 거예요.

"거기 누구 있느냐? 이리 와 보거라."

황희 정승이 청지기(양반집 하인)를 부르는 소리가 들리자, 아이들은 꽁무니가 빠져라 도망가 버렸답니다.

"주인 어르신, 찾으셨습니까?"

청지기가 헉헉거리며 달려오자, 황희 정승이 명을 내렸어요.

"잘 익은 배를 한가득 따서 마을 아이들에게 나누어 주거라."

"네? 이 좋은 배를 무슨 일로 아이들에게요?"

황희 정승은 빙그레 미소만 지을 뿐 대답하지 않았어요.

한편, 청지기에게 배를 받은 아이들은 두 눈이 휘둥그레졌어요.

황희 정승에게 크게 혼이 날 줄 알았는데, 오히려 배를 받았으니 말이에요. 아이들은 자신들을 꾸짖는 대신 너그러이 배를 베풀어 준 황희 정승의 마음씨에 크게 감동했답니다.

에필로그

"괜찮아! 별로 안 묻었는걸, 뭐."

나에게는 너그럽고,

"너 얼굴에 뭘 그렇게 묻히고 다니니? 더럽잖아!"

남에게만 엄격한 사람 말고.

나에게는 엄격하고,

남에게는 너그러운 사람이 되는 건 어때?

리더십

한 척의 배에는
한 명의 선장만 필요하다.

머리와 꼬리

비가 부슬부슬 내리던 밤이었어요.

검은 풀숲에 노란 비늘이 반짝이는 뱀 한 마리가 잠들어 있었습니다.

하지만 홀로 잠들지 않은 뱀의 꼬리가 신경질을 내며 탁탁 소리를 냈어요.

"흥, 왜 맨날 힘들게 머리만 쫓아다녀야 하는 거야!"

꼬리의 말에 머리가 눈을 뜨며 어이없다는 표정을 지었어요.

"꼬리야, 가시 없는 부드러운 길로만 다녔는데 힘들다니 무슨 소리야?"

"몰라! 너의 뒤만 졸졸 따라다니는 게 재미없다고."

꼬리가 씩씩거리며 숨을 몰아쉬었어요. 그동안 쌓인 것이 많았는지, 단단히 뿔이 난 모양이었습니다.

"꼬리야, 모두에게 안전한 길을 안내하려면 리더십이 있어야 해."

"나도 머리 너처럼 리더십이 있어. 그걸 보여 줄 기회가 없었을 뿐이야."

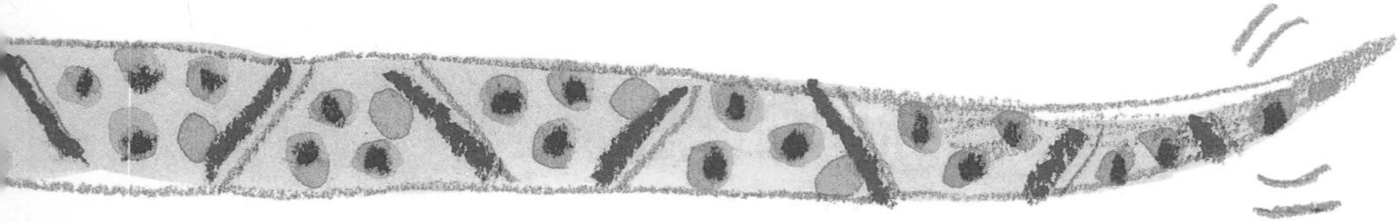

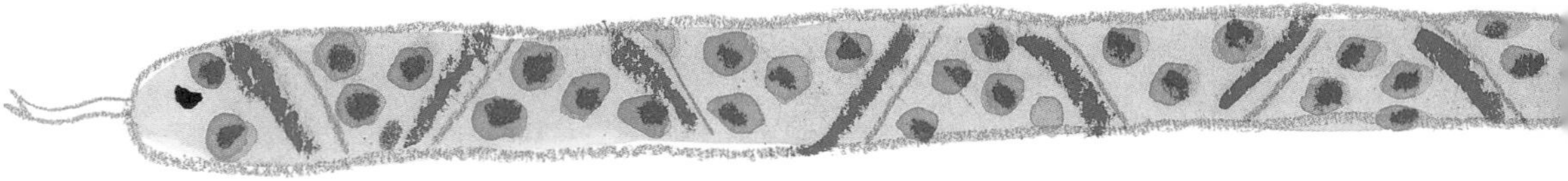

"너는 앞을 보는 눈과 냄새를 맡는 코가 없어서 힘들 거야."

꼬리가 뾰족하고 긴 몸을 구부려서 땅을 더듬는 흉내를 냈어요. 마치 앞 못 보는 사람이 지팡이로 장애물이 있나 없나 더듬듯 말이죠.

"나도 충분히 너희를 이끌 수 있어. 나도 대장이 되고 싶다고!"

아무리 머리가 달래도 꼬리는 계속 고집을 부렸어요. 그래서 머리는 못 말리겠다는 듯 고개를 절레절레 흔들며 말했습니다.

"휴, 그래 알았어. 딱 하루만 꼬리 네가 앞장서 봐."

"정말? 좋았어! 리더십이 뭔지 내가 알려 주지!"

다음 날이 밝았어요. 뱀이 온몸에 힘을 주며 기지개를 켰습니다.

"자! 오늘부터는 나를 따르라. 꼬리의 리더십을 보여 주겠어."

꼬리가 신이 나서 뱀을 이끌었어요. 구불구불한 몸이 꼬리를 따라갔답니다.

그런데 신이 난 꼬리가 향한 곳은 깊은 웅덩이였어요. 꼬리는 앞이 보이지 않아서, "풍덩!" 웅덩이에 빠지고 말았답니다.

뱀은 물속에서 한참을 허우적대다가 겨우 땅 위로 올라왔어요.

"헉, 꼬리야. 하마터면 죽을 뻔했잖아!"

"나 참, 이럴 거면 다시 머리에게 앞장서라고 하자."

뱀의 몸통이 놀라서 꼬리에게 화를 냈어요. 하지만 꼬리는 들은 척도 하지 않고 다시 길을 나섰답니다.

'물에 빠졌더니 으슬으슬 춥네. 어디 따뜻한 곳이 없을까?'

꼬리가 깜깜한 앞을 더듬거리며 나아갔어요. 그런데 어디선가 온기가 느껴지는 거예요.

'저기다! 이번에는 제대로 데려가 주지!'

꼬리가 전속력으로 몸을 이끌었어요. 그런데 뭔가 이상했지요.

"앗! 뜨, 뜨거워! 살려 줘!"

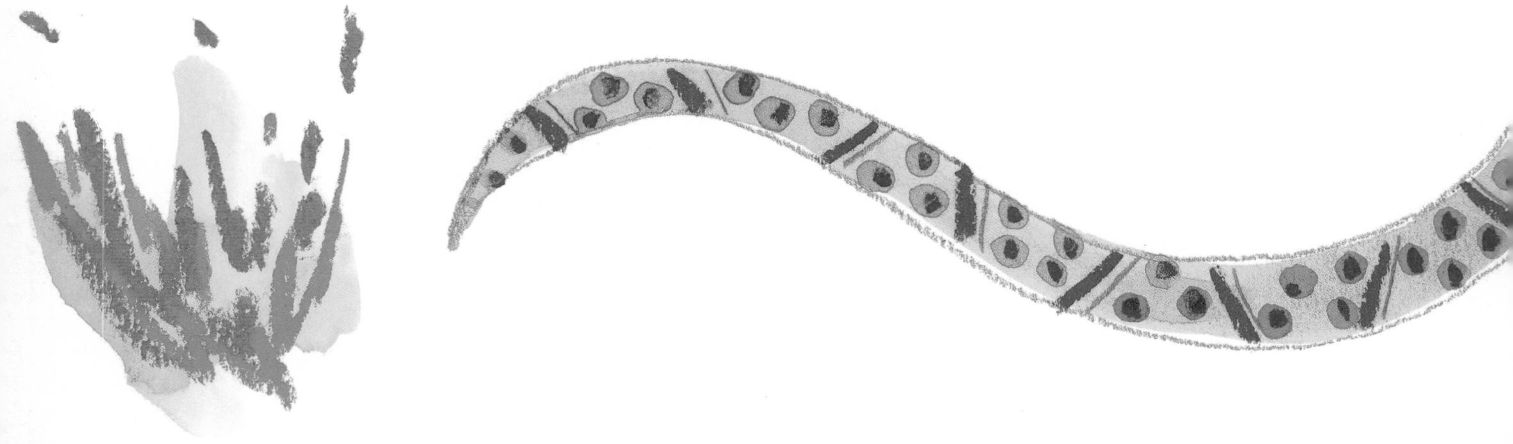

꼬리가 이끈 곳은 바로 불구덩이였어요. 서둘러 도망치려고 했지만, 이미 늦었답니다. 뜨겁게 타는 나뭇가지가 뱀 위로 떨어졌거든요.

결국 뱀은 꼬리 때문에 불에 타서 죽고 말았습니다.

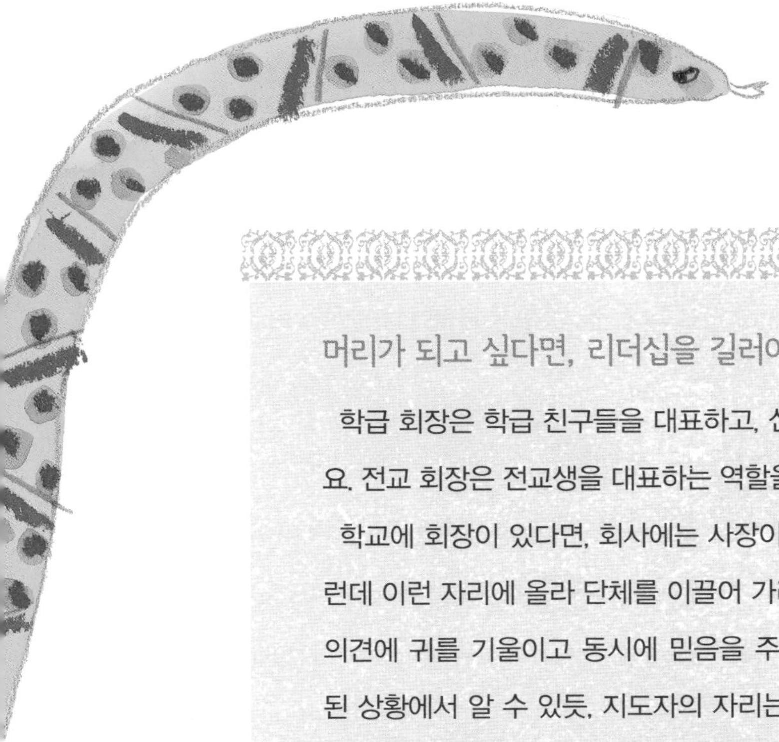

머리가 되고 싶다면, 리더십을 길러야 해요

학급 회장은 학급 친구들을 대표하고, 선생님이 안 계실 땐 친구들을 인솔해요. 전교 회장은 전교생을 대표하는 역할을 하지요.

학교에 회장이 있다면, 회사에는 사장이 있고, 나라에는 대통령이 있어요. 그런데 이런 자리에 올라 단체를 이끌어 가려면 리더십이 필요해요. 다른 사람의 의견에 귀를 기울이고 동시에 믿음을 주어야 하지요. 꼬리 때문에 뱀이 죽게 된 상황에서 알 수 있듯, 지도자의 자리는 매우 중요해요. 그렇기 때문에 지도자를 뽑는 선거에서 투표를 할 때, 나와 주변 사람들을 이끌어 줄 리더십이 있는 사람을 잘 선택해야 한답니다.

영국을 세계 중심으로 이끈 엘리자베스 여왕의 리더십

영국은 유럽의 서쪽 끝에 있는 섬나라예요. 엘리자베스 여왕이 즉위하면서, 영국은 '해가 지지 않는 나라'가 되었답니다. 아시아의 인도에서 태평양 넘어 미국에 이르기까지 전 세계에 식민지를 가지게 됐기 때문이에요.

엘리자베스 여왕은 1533년, 헨리 8세의 둘째 공주로 태어났어요. 하지만 어머니 앤 불린이 쫓겨나며, 엘리자베스 역시 공주의 지위를 빼앗겼답니다. 엘리자베스는 어머니가 다른 언니 메리와 남동생 에드워드 사이에서 힘든 어린 시절을 보냈어요. 그런 그녀에게 큰 힘이 된 것은 오로지 책을 읽으며 공부를 하는 것이었답니다.

세월이 흘러 헨리 8세의 뒤를 이은 에드워드 6세, 메리 여왕이 차례로 세상을 떠나고 엘리자베스가 왕위에 올랐어요. 그동안 전쟁과 종교 분쟁으로 신음하던 백성들은 엘리자베스 여왕을 환영했답니다.

엘리자베스 여왕은 자신이 모험과 항해의 시대에 살고 있다고 믿었어요.

이때 유럽의 몇몇 국가들이 신대륙에 열광하며 식민지를 건설하기 시작했거든요.

그래서 그녀는 리더십을 발휘해서 영국의 배를 세계 곳곳으로 보냈으며, 다른 나라보다 더 강한 해군을 만들도록 명했어요.

그 결과 영국은 다른 어떤 나라보다 많은 식민지를 가질 수 있었고, 큰 부를 쌓았어요. 이를 바탕으로 유럽의 작은 섬나라에서 전 세계를 아우르는 대제국으로 성장할 수 있었답니다.

에필로그

용의 꼬리가 될 바엔, 차라리
뱀의 머리가 되라는 말이 있대.
그런데 더 멋진 일이 뭔지 알아?
바로 내 인생의 머리가 되는 거야.
스스로를 이끌 줄 아는
리더십이 가장 중요하니까!

배려

세상은 두 명 이상의 사람이
협력해서 만드는 것이다.

등불을 든 노인

눈이 동그란 올빼미가 으슥한 밤길을 내려다보았어요.

온 세상은 너무 까맣고 또 어두웠어요. 반짝이는 별빛조차 구름 뒤로 숨어 버리자, 올빼미도 "후우 후후." 하고 울었습니다.

그때 저 멀리 어두운 길을 더듬어 내려오는 청년이 하나 있었어요.

등불 하나 없어서 길을 찾는 데 애를 먹고 있었답니다.

"휴, 도대체 여관은 어디에 있는 거야?"

청년은 어서 잠자리를 찾아서 쉬고 싶었어요. 그래서 주위를 계속 두리번거렸지만, 깜깜해서 아무것도 보이지 않았지요.

"지금 이 길이 맞는 길인 걸까?"

청년은 졸려서 감기는 눈을 비볐어요.

그 순간 아스라이 불빛이 보였답니다.

"내가 꿈을 꾸는 걸까? 하늘에서 천사가 내려왔나 봐."

청년이 꿈을 꾸듯이 불빛 쪽으로 향하며 손을 뻗었어요.

그러자 불빛이 점점 커지더니 마침내 청년의 눈앞까지 왔답니다. 불빛의 주인공은 천사가 아니라 어떤 노인이었어요.

두 눈을 꼭 감은 노인의 얼굴에는 주름이 가득했답니다. 청년이 상상했던 천사와는 거리가 멀었지요.

청년이 등불을 든 노인에게 물었습니다.

"누구신데, 저를 위해 등불을 들고 오셨나요?"

노인은 여전히 두 눈을 감은 채 미소를 지었어요.

"허허, 나는 그냥 평범한 노인일 뿐이네. 그리고……."

노인의 모습을 살펴보던 청년이 놀라서 외쳤어요.

"어르신, 앞이 보이지 않으시군요!"

"잘 보았네. 나는 한낮에도 밤처럼 깜깜하지."

어느새 청년은 노인을 부축하며 함께 길을 걷기 시작했어요.

"그렇다면 이 등불도 필요하지 않으실 텐데……."

"왜 이렇게 등불을 들고 다니냐고 묻고 싶은 겐가?"

노인이 청년의 마음을 들여다본 듯 되물었어요.

그 순간 활짝 웃는 노인의 얼굴이 천사는 아니라도, 천사들을 지켜 주는 인자한 할아버지처럼 보였어요.

"등불을 들고 있어야 누군가 나를 보고 비켜 가지 않겠나? 서로 부딪히기라도 하면 다칠 수 있으니까."

청년은 다른 누군가를 배려해서 등불을 들었다는 이야기에 감동했어요.

"어르신, 제 손을 잡으세요. 집까지 모셔다 드릴게요."

짙게 드리운 구름이 비껴가자, 달빛이 환히 빛나기 시작했어요. 마치 두 사람의 이야기를 듣고, 밤길을 비춰 주려는 듯 말이에요.

그렇게 두 사람은 밤길을 함께 걸었답니다.

서로의 마음을 밝히는 따뜻한 등불, 배려

학교에 필통을 가져오지 않은 적이 있나요? 혹은 교과서를 못 챙겼거나 필요한 준비물을 깜빡한 적은요? 정말 당황스러운 순간이지요. 그때 말없이 짝꿍이 건네준 샤프 하나에 감동을 받아요. 옆 반 친구가 빌려준 교과서나 헐레벌떡 엄마가 학교로 가져다준 준비물이 무척 고맙답니다. 이런 배려들은 나의 마음을 따뜻하게 해 주지요.

한밤중에 청년이 낯선 마을을 걷고 있어요. 그때 등불을 든 노인이 나타나서 반가웠지요. 그런데 더 놀라운 것은, 노인이 등불을 든 이유였어요. 혹여 누군가가 자신과 부딪히기라도 할까 봐 앞이 보이지 않아도 등불을 들었던 거예요. 자신이 아닌 다른 누군가를 위한 그 배려심이 대단하지요?

우리도 노인이 등불을 들 듯, 나의 마음속에 있던 따뜻한 배려를 꺼내서 누군가에게 보여 주면 어떨까요?

유리창과 거울

학교가 끝나자 아이들이 교문 밖으로 쏟아져 나왔어요.

"얘들아 저것 좀 봐. 거지다, 거지!"

아이들의 시선이 일제히 빵 가게 앞에서 구걸하는 거지에게 향했어요.

찢어진 누더기를 입은 거지는 냄새도 나고, 온몸이 빼빼 말라 있었어요.

"장사에 방해가 되니까 얼씬거리지 말고 저리 가!"

빵 가게 아저씨가 늘어진 뱃살을 출렁이며 뛰어나왔어요.

"배가 고파요. 버리는 빵 한 조각이라도 주세요."

거지가 눈물을 흘리며 아저씨에게 말했어요. 하지만 아저씨는 오히려 빗자루로 거지를 때리기 시작했지요.

"흥, 너에게 줄 빵은 없어. 저리 가!"

이 모습을 보던 한 소년은 마음이 아팠어요.

빵 가게 아저씨는 소문난 부자여서 옆 마을 또 옆 마을에도 빵 가게를 가지고 있었어요.

그런데 거지에게 줄 빵이 하나도 없다는 것은 말이 되지 않았지요.

'가게 안에 빵이 저렇게 많은데 너무하잖아…….'

소년은 가슴이 답답해서 그 자리에 더 있을 수 없었어요.

결국 거지는 빵 가게 아저씨에게 쫓겨나고, 구경하던 사람들도 모두 흩어졌답니다.

다음 날 수업이 끝나고 소년은 선생님에게 여쭈어 보았어요.

"선생님, 왜 어떤 어른들은 가난한 사람을 돕지 않나요?"

선생님이 안경을 고쳐 쓰며, 왜 그런 생각을 하게 되었냐고 물었어요.

그래서 소년은 어제 빵 가게 앞에서 있었던 일을 이야기했답니다.

"흠, 그런 일이 있었구나……. 참 슬픈 일이지."

선생님이 고개를 끄덕이며 소년의 머리를 쓰다듬어 주었어요.

"저기 저 유리창을 한번 내다볼래? 뭐가 보이니?"

소년은 선생님이 가리키는 유리창 앞으로 가서 대답했어요.

"사과 바구니를 든 아주머니가 지나가요."

"그리고 또 뭐가 보이는지 말해 볼래?"

"어제 거지가 구걸하던 빵 가게도 보여요."

"이번엔 벽에 걸린 거울을 보렴."

소년은 교실 벽에 걸린 거울을 향해 달려갔어요.

"제 얼굴이 보여요. 그런데 왜 유리창과 거울을 보라고 하셨어요?"

소년이 어리둥절한 표정으로 물었어요.

그러자 선생님이 미소를 지으며 대답했답니다.

"처음엔 모두의 마음이 유리창처럼 투명해. 그래서 어려움에 처한 누군가를 보면 도와주고 싶어 한단다."

"제가 어제 거지에게 느꼈던 마음처럼요?"

"그래. 그런데 어떤 사람들은 부자가 되면 그 투명함을 잃고 말지. 유리창이 자신만 보이는 거울이 되는 거야."

"빵 가게 아저씨도 처음부터 배려심이 없었던 건 아닐 거라는 말씀이죠?"

소년은 다시 천천히 유리창으로 걸어갔어요. 그리고 선생님의 이야기를 잊지 않으려는 듯 계속 창밖을 내다보았답니다.

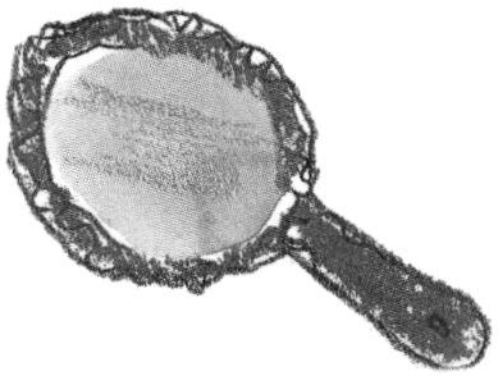

내 마음에 거울을 떼고 유리창을 달아 볼까요?

'배려'를 풀어서 말하면, 누군가를 도와주거나 보살펴 주려는 따뜻한 마음이에요. 모든 사람들이 서로를 배려하며 지낸다면 참 좋겠지요? 그러려면, 때로는 나보다는 누군가를 먼저 생각해야 해요. 만약 "나 혼자만 잘살면 그만이야!" 하고 이기적으로 생각한다면, 그 사람 주변에는 아무도 없이 정말 혼자만 남을지도 몰라요.

이렇게 배려의 시작은 거울을 보듯 나만 생각하지 말고, 유리창을 내다보듯 주변 사람들을 살펴보는 거예요. 오늘따라 어디가 아픈지 표정이 안 좋은 친구도 보이고, 집안일이 많아서 피곤해하는 엄마의 얼굴도 보여요. 무거운 짐을 들고 가는 할머니의 뒷모습도 보이고요. 이런 모습들을 보았는데 그냥 넘기면 안 되겠지요? 내가 할 수 있는 범위 내에서 상대를 배려해 보세요. 그러면 말끔하게 청소를 한 것처럼 내 마음의 유리창이 반짝거리면서 투명하게 빛날 거예요.

남은 신발도 내어 주며 배려한 간디

간디는 인도 국민의 사랑을 한 몸에 받은 정신적 지도자였어요.

당시 인도는 영국의 지배로부터 벗어나기 위해 애쓰고 있었답니다. 그 중심에는 간디가 있었어요. 간디는 폭력을 쓰지 않고 평화로운 방법으로 독립을 해야 한다고 주장했지요. 그것이 얼마나 힘든 일인지 알면서도 그는 포기하지 않았답니다.

어느 날, 간디가 달리는 기차에 급히 올라탄 일이 있었어요.

그런데 그만, 신발 한 짝을 철길에 떨어뜨리고 말았지요. 놀라운 것은 간디의 그다음 행동이었어요. 그가 신고 있던 다른 쪽 신발을 벗어서 철길에 던진 거예요.

이 모습을 본 주변 사람들은 간디의 행동이 이해가 되지 않았어요.

"선생님, 왜 남은 신발까지 길에 버리신 건가요?"

그 말에 간디가 인자한 미소를 지으며 대답했어요.

"신발 한 짝만 주우면 무엇에 쓰겠나? 이왕이면 두 짝 다 주워야 신고 다닐 수 있겠지."

사람들은 그제야 간디의 배려심 깊은 행동을 이해하고, 큰 감동을 받았어요.

이러한 간디의 따뜻한 성품은 인도 국민을 넘어 세계인의 존경을 받았답니다.

에필로그

바나나 껍질을
쓰레기통에 버리는 것은
누군가 밟고 미끄러지지 않도록
배려하는 거야.

보람

나무는 열매로 평가되고,
사람은 그가 이룬 업적에 의해
평가된다.

훌륭한 일꾼은 누굴까?

오랜 여행을 마치고 포도밭 주인이 집으로 돌아왔습니다.

그동안 포도밭은 주인의 동생이 돌보고 있었지요.

"형님, 오랜만이네요. 한번 안아 봅시다."

"아우야, 잘 지냈느냐? 포도밭을 맡아 주느라 고생했구나."

형제는 서로 껴안으며 인사를 나누었어요.

"이번 포도 농사는 아주 잘되었습니다. 같이 가 보실래요?"

"흠, 나도 궁금했었는데…… 그사이 일꾼도 많이 늘었다지?"

형제는 도란도란 이야기를 나누며 포도밭으로 발길을 옮겼어요.

포도밭은 어마어마하게 넓었어요. 포도를 돌보는 일꾼들도 백 명이 넘었답니다.

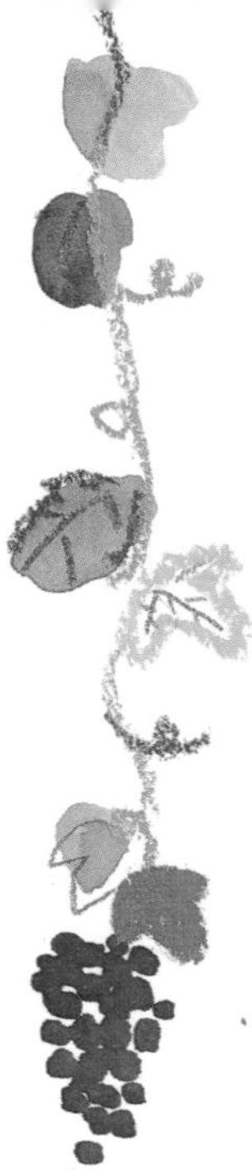

“대단하네. 포도가 더 크고 싱싱해진 것 같구나!”

동생은 뿌듯한 얼굴로 주인에게 포도밭에서 일하는 일꾼들을 소개했어요.

“저 친구는 매우 손이 빠르구나. 제법이야.”

주인이 일꾼 하나를 가리켰어요. 몸은 좀 말랐지만, 포도를 만지는 솜씨가 좋고, 누구보다 열심히 일하고 있었습니다.

“잘 보셨어요. 들어온 지 한 달도 안 되었는데, 일 년 동안 일한 사람보다 훨씬 낫지요.”

다시 보아도, 그 일꾼은 다른 일꾼들과는 달랐어요. 땡볕 아래에서 구슬땀을 흘려도 보람을 느끼며 얼굴 한 번 찡그리지 않았어요.

“저 일꾼과 이야기를 나누고 싶구나. 따로 불러내 다오.”

“지금은 일하는 시간인데, 이따 저녁에 보낼까요?”

“아니다. 지금…… 지금이 좋겠다!”

동생은 ‘형님이 왜 저 일꾼을 부르려는 거지?’ 하고 궁금해했어요.

불려 온 일꾼 역시 어리둥절한 표정으로 포도밭 주인에게 꾸벅 인사를 했습니다.

"처음 뵙겠습니다, 주인님. 저를 부르셨나요?"

일꾼은 혹시 혼이 나는 건 아닌지 잔뜩 긴장한 표정이었어요.

"그래. 어려워하지 말고, 이리 앉아라. 여기 시원한 물도 떠 놓았다."

그 마음을 알았는지 주인은 일꾼에게 다정한 표정으로 물을 건넸답니다.

물을 마신 일꾼과 주인은 차츰 포도밭에 관한 이야기를 나누기 시작했어요.

어느새 일꾼은 품질이 좋은 포도를 기르려면 어떻게 해야 하는지 신이 나서 이야기했어요.

"아, 제가 너무 오래 떠든 것 같아요. 이만 포도밭으로 돌아가 보겠습니다."

"아니다. 네 이야기를 더 듣고 싶구나."

노을이 붉게 타오르며 해가 지자, 주인과 일꾼은 포도밭으로 돌아갔어요.

"오늘은 내가 직접 일꾼들에게 품삯을 주겠네."

주인은 일꾼 한 명 한 명에게 품삯을 나눠 주었어요. 그런데 아까 불려 나가서 반나절이나 자리를 비웠던 일꾼에게도 똑같이 주는 게 아니겠어요?

"주인님, 저자는 아까 나가서 지금 돌아왔는데 품삯을 똑같이 받나요?"

다른 일꾼들이 불만을 터뜨리자, 포도밭 주인이 웃으며 대답했어요.

"몇 시간을 일하느냐가 아니라, 얼마나 보람 있게 하느냐가 중요하다. 너희가 온종일 한 일을 이 친구는 아침에 다 했으니 오히려 돈을 더 받아야 하지 않겠느냐?"

주인의 말에 일꾼들은 꿀 먹은 벙어리처럼 아무 말도 하지 못했습니다.

언제나 보람을 느끼는 어린이가 되어 볼까요?

'보람'은 어떤 일을 하고 난 뒤에 만족을 느끼고 자랑스러워하거나, 뿌듯한 마음을 갖는 거예요. 결과가 좋을 때는 물론 좋지 않을 때도 내가 최선을 다했다면 충분히 보람을 느낄 수 있답니다.

똑같은 숙제를 해도 어떤 친구는 하기 싫어서 미루다가 엄마의 잔소리를 듣고 건성으로 했어요. 또 어떤 친구는 정성껏 숙제를 하며 보람을 느꼈지요. 과연 어떤 친구가 숙제를 잘 이해했고, 다음 날 선생님께 칭찬을 받을 수 있을까요? 당연히 보람을 느끼며 숙제를 한 친구겠지요?

노벨상 속에 숨겨진 가치, 보람

건축 기술자였던 아버지 밑에서 태어난 노벨은 아버지처럼 기계와 화학에 관심이 많았어요. 자라서는 아버지와 함께 '다이너마이트'라는 새로운 폭약을 연구하기 시작했지요. 그 당시 사용되던 폭약은 작은 움직임에도 제멋대로 터져 위험했거든요.

노벨은 다이너마이트를 사용하면 광산에서 더 많은 광물을 캐낼 수 있고, 더 안전하게 공사할 수 있을 거라 생각했어요. 그래서 연구 도중에 동생 에밀을 잃는 사고가 있었지만, 포기하지 않았지요. 다이너마이트를 완성하는 데 큰 보람을 느꼈기 때문이에요.

하지만 완성된 다이너마이트는 전쟁에서 많은 사람을 죽이는 무기로 쓰였어요.

노벨은 엄청난 재산을 모았지만, 다이너마이트를 만들며 느꼈던 보람을 모두 잃은 것 같았어요. 그래서 자신의 재산을 바탕으로 상을 만들어 매년

인류의 평화와 복지를 위해 공을 세운 사람에게 주라고 유언을 남겼지요. 이것이 바로 노벨상이에요.

노벨은 자신이 만든 다이너마이트가 많은 이의 목숨을 앗아 가자 크게 상심했어요. 하지만 노벨상을 만들도록 유언하며, 자신이 다이너마이트를 발명하게 된 뜻을 전했지요. 그래서 훗날 어느 분야에서 최고가 된 사람들이 노벨상을 받았을 때, 큰 보람을 느끼게 했답니다.

에필로그

나는 커서 어떤 직업을 갖게 될까?
무엇을 가치로 삼아 직업을 정해야 할까?

돈을 많이 벌 수 있는 일?
남들에게 멋져 보이는 일?
그런 건 내 꿈의 이유가 될 수 없어.

내가 보람을 가지고 평생 사랑할 수 있는
그런 직업을 찾아야 해.

사랑

사랑받고 싶거든 먼저 사랑하라.

유서에 담긴 비밀

시골 마을에 부자가 살았는데 아내가 세상을 떠나고, 그의 곁에는 아들 하나 뿐이었어요.

어느 날, 부자는 결심한 듯 아들을 불러서 말했어요.

"큰 도시에 가서 많은 것들을 배우고 오너라."

그렇게 아들은 부자의 뜻에 따라 큰 도시로 떠나서 열심히 공부했답니다.

그런데 아들을 떠나보낸 부자가 시름시름 앓기 시작했어요.

별일 아니라고 생각했는데 날이 갈수록 병은 점점 깊어졌지요.

'휴, 내 목숨이 얼마 남지 않은 것 같구나…….'

부자는 남은 힘을 다해서 유서를 남기고, 며칠 있다가 세상을 떠났습니다.

부자의 유서가 공개가 되자 그의 하인은 깜짝 놀랐어요.

"헉, 뭐라고? 내가 주인님의 재산을 다 물려받는다고?"

하인은 믿을 수가 없어서 두 눈을 비비며 유서를 보았어요.

아무리 봐도 모든 재산을 하인에게 남기며, 부자의 아들은 그 재산 중 하나만 가질 수 있다고 적혀 있었어요.

"으하하, 이게 웬 떡이냐! 이제는 내가 부자가 되었구나!"

하인은 세상을 다 가진 기분이었어요. 서둘러 유서를 들고 부자의 아들을 찾아갔답니다.

부자가 죽었다는 소식을 듣자 아들은 하염없이 눈물만 흘렸어요.

그런데 또 다른 나쁜 소식이 그를 기다리고 있었어요.

"말도 안 돼. 아버지가 나에게 남긴 것이 고작 하나라고?"

아들은 믿을 수 없었어요. 하지만 유서의 글씨체는 틀림없이 아버지의 것이었지요.

"아버지께선 날 사랑하지 않으셨어. 아들을 두고 고작 하인에게 모든 걸 물려주시다니……."

아들은 답답한 마음에 유서를 들고 유명한 학자를 찾아갔어요.

"선생님, 아버지께서 왜 이런 유서를 남기셨을까요?"

학자는 유서를 살펴보더니 빙그레 미소를 지었어요.

"허허, 아버지께서 아들을 무척 사랑하셨군."

아들은 학자에게 버럭 화를 내며 되물었어요.

"아니에요. 모든 재산을 하인에게 주고, 저는 그중 하나만 고르라 하셨어요. 저보다 하인을 더 사랑하신 게 분명합니다. 흑흑."

아들은 흐르는 눈물을 참지 못하고 엉엉 울었어요. 그러자 학자가 아들의 어깨를 토닥거리며 말했지요.

"만약 하인에게 재산을 물려주지 않았다면, 자네에게 소식이 닿기 전에 주변의 나쁜 사람들이 재산을 가로챘을 거네."

그제야 아들은 눈물을 닦고 학자의 얼굴을 쳐다보았어요.

"그래도 하인에게 재산을 물려주신 것은 이해가 되지 않습니다……."

"하인의 모든 재산은 누구의 것인가? 바로 그 주인의 것이 아닌가?"

"네. 아버지께서 돌아가셨으니, 하인의 주인은……."

아들은 그제야 활짝 웃으면서 말을 이었어요.

"바로 저군요. 제가 하인을 선택하면 아버지의 재산을

모두 물려받을 수 있는 거로군요."

아들은 미소를 지으며 학자에게 고맙다고 인사를 했답니다.

이렇게 아들은 부자의 재산을 무사히 물려받았어요. 그리고 하인을 자유의 몸으로 풀어 주었답니다.

사랑은 멀리 있는 게 아니라, 바로 여기에 있어요

어떤 어른들은 사랑이 세상의 전부라고 말해요. 그런데 아직은 그게 무슨 뜻인지 와 닿지 않지요? 그렇다면 커서 어른이 되면 알게 될까요?

사랑은 누군가를 많이 아끼고 언제나 함께 있고 싶은 마음이에요. 함께 있지 못해도 사랑은 사라지지 않는답니다. 그런데 사랑은 꼭 어른이 되어서 할 수 있는 게 아니에요. 사랑은 우리 가까이에 있거든요.

사랑은 어렵거나 거창한 것이 아니에요. 내 가족과 친구를 진정으로 아끼고 배려하고 보살피는 마음이 바로 사랑이랍니다.

할아버지와 사과나무

소복이 눈이 내린 것처럼 머리카락이 하얗게 센 할아버지가 정원에 서 있었어요.

밝은 햇살이 할아버지의 주름진 얼굴을 환히 비추었습니다.

"할아버지, 여기서 뭐 하세요?"

흙장난을 하고 돌아온 손녀가 정원 입구에서 물었어요.

할아버지는 손녀를 보더니 햇살처럼 밝게 웃었어요. 그리고 조그만 사과나무를 가리키며 대답했지요.

"오늘 이 사과나무를 정원에 심을 거란다."

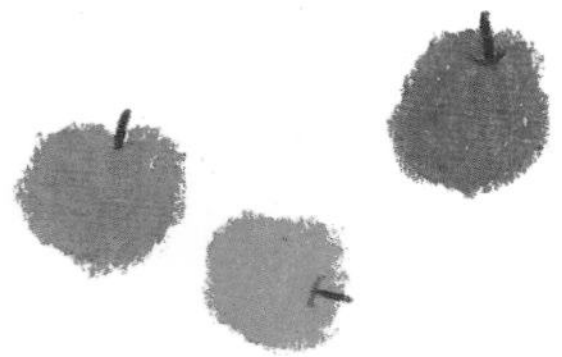

할아버지는 사과나무를 심을 곳을 찾아서 두리번거렸어요.

"우아, 그러면 저도 옆에서 도와 드릴래요!"

손녀는 할아버지 곁으로 폴짝폴짝 뛰어왔어요. 그리고 고민하듯 손으로 턱을 괴고 정원 여기저기를 살펴보다가 "여기에 심어요!" 하고 외쳤어요.

할아버지가 삽으로 구덩이를 파고 사과나무를 심었어요.

그사이 손녀가 양동이에 물을 한가득 받아 오자, 할아버지가 사과나무에 물을 주었습니다.

할아버지와 손녀는 사과나무가 보이는 정원 벤치에 나란히 앉았어요.

"할아버지, 사과는 언제 열려요? 빨리 먹고 싶어요."

"사과가 열릴 때쯤이면, 너는 어른이 되어 있을 거란다. 엄마가 되어 너처럼 귀여운 딸을 낳았을지도 모르지."

"흠, 그러면 엄청 오래 있어야 하잖아요."

손녀는 할아버지의 무릎을 베고 누워서 투정하듯 대답했어요.

"그럼 그때까지 할아버지도 살아 계셔야 해요. 우리 같이 사과 먹어요."

할아버지는 귀여운 듯 손녀의 머리를 쓰다듬으며 대답했어요.

"그때쯤 나는 죽어서 하늘나라에 가 있을 거야."

손녀는 놀란 얼굴로 몸을 일으켜서 할아버지를 보았어요.

할아버지께서 돌아가신다는 생각은 한 번도 해 본 적이 없었거든요.

"아주 예전에 나의 할아버지도 어린 나를 위해 사과나무를 심으셨지……."

할아버지가 가리킨 곳에는 키가 크고 울창한 사과나무가 서 있었어요.

할아버지는 자신의 할아버지가 그러했듯, 자신이 먹을 수는 없지만 손녀를 사랑하는 마음으로 사과나무를 심은 거예요.

"그럼 저는 할아버지를 위해 꽃을 심을래요. 하늘에서 보실 수 있게요."

손녀가 할아버지의 손을 꼭 잡으며 말했어요.

할아버지는 기특한 마음에 손녀의 머리를 쓰다듬어 주었답니다.

사랑은 아주 오랫동안 세상에 남아 있어요

손녀를 위해 사과나무를 심는 할아버지의 사랑에 마음이 따뜻해지면서도 어딘가 쿡쿡 가슴이 아프기도 해요. 먼 훗날, 손녀는 사과를 먹으며 할아버지를 추억하겠죠? 어쩌면 할아버지께서 살아 계실 때보다 더 많이 사랑하고 그리워할지도 몰라요. 그리고 손녀도 자신의 손주를 위해 사과나무를 심을 거예요.

사랑의 힘은 시간이 지난다고 약해지지 않아요. 손녀의 손녀에게로, 또는 손자의 손자에게로 사과나무에 담긴 사랑은 계속 이어질 거예요.

슬픈 사랑을 시로 남긴 유리왕

고구려의 두 번째 왕인 유리왕에게는 '화희'와 '치희'라는 두 왕비가 있었어요. 골천 출신 귀족의 딸 화희와 중국 한나라 상인의 딸 치희는 틈만 나면 싸웠어요.

그래서 유리왕은 두 왕비에게 각자의 궁궐을 지어 주고 떨어져서 살도록 했답니다.

어느 날 유리왕이 멀리 사냥을 나가서 일주일이나 돌아오지 않았어요.

그사이에 화희와 치희는 서로 만나서 또 싸웠답니다.

"나는 좋은 가문에서 태어났는데, 치희 너는 천한 가문이 아니더냐?"

화희의 말을 듣고 치희는 자존심이 상해서 고향으로 돌아갔어요.

소식을 들은 유리왕은 놀라서 치희를 찾으러 갔지만, 어디에도 보이지 않았습니다.

유리왕은 치희를 무척 사랑했기에 가슴이 찢어지는 것 같았어요.

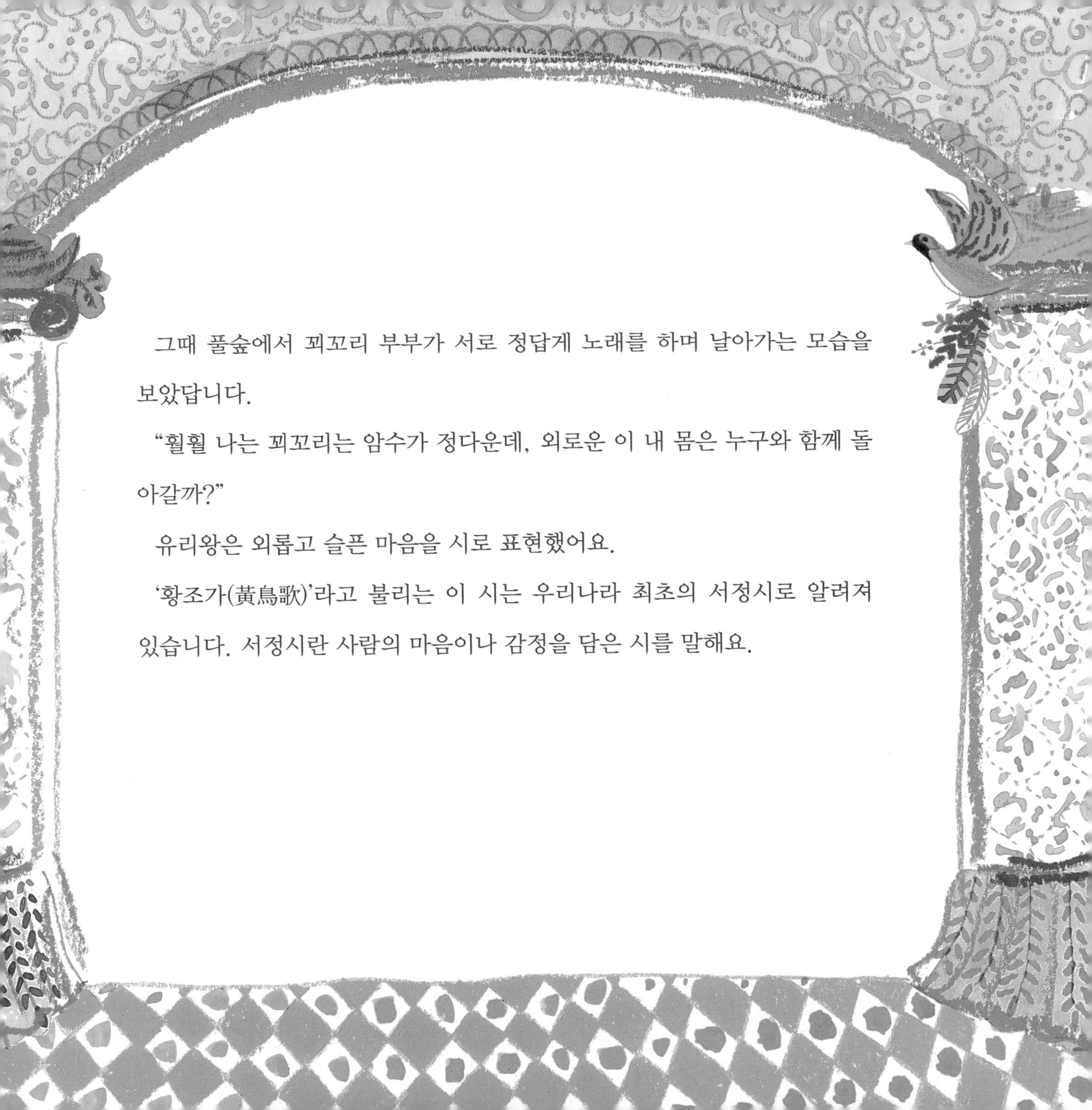

그때 풀숲에서 꾀꼬리 부부가 서로 정답게 노래를 하며 날아가는 모습을 보았답니다.

"훨훨 나는 꾀꼬리는 암수가 정다운데, 외로운 이 내 몸은 누구와 함께 돌아갈까?"

유리왕은 외롭고 슬픈 마음을 시로 표현했어요.

'황조가(黃鳥歌)'라고 불리는 이 시는 우리나라 최초의 서정시로 알려져 있습니다. 서정시란 사람의 마음이나 감정을 담은 시를 말해요.

에필로그

모두의 사랑은 똑같이 아름답고,

모두의 사랑은 똑같이 강해.

모두의 사랑은 세상을 행복하고 아름답게 해 줘.

선행

한 개의 촛불로

많은 양초에 불을 붙여도

그 촛불의 빛은 약해지지 않는다.

이렇게 착한 부자가 있었다니!

옛날 어느 마을에 커다란 농장을 가진 부자가 살았습니다.

부자는 농장만큼이나 마음씨도 넓었어요. 그래서 어려운 이웃들을 보면 발벗고 도와주었답니다.

특히 가을이 되면, 부자의 농장 앞으로 가난한 사람들이 모여들었어요.

부자가 추수를 마치고 곡식을 판 돈을 나누어 주곤 했거든요.

"이 돈으로 따뜻한 빵 하나라도 꼭 사 드세요."

"정말 감사합니다. 흑흑."

사람들은 부자의 따뜻한 선행에 고개를 숙여 감동했답니다.

그렇게 가을이 저물고, 겨울과 봄이 지나 여름이 왔어요.

부자와 일꾼들은 열심히 농장을 일구며, 농작물을 촉촉하게 적셔 줄 비를 기다렸습니다.

그런데, 주룩주룩 내리기 시작하던 비가 어느새 양동이로 물을 쏟아붓는 것처럼 세차게 변했어요.

부자의 농장과 집은 한순간에 물에 잠겨 큰 피해를 입고 말았어요.

"이런, 올해 농사는 쫄딱 망했구나. 큰일이야."

부자는 흙탕물로 변해 버린 농장을 보자, 다리에 힘이 풀려 주저앉고 말았답니다.

그런데 불행은 여기서 끝난 것이 아니었어요. 부자가 망했다는 소식에, 부자에게 돈을 빌려주었던 사람들이 몰려온 거예요.

그들은 그나마 남은 부자의 닭·양·말 등 가축을 빼앗아 가고, 부자의 아내와 자식들까지 하인으로 끌고 갔답니다.

이제 부자는 더 이상 부자가 아니었어요. 그에게 남은 것은 삐쩍 마른 소 한 마리뿐이었습니다.

"힘을 내자. 다시 농장을 일으켜 세워서 아내와 아이들을 찾아와야 해!"

하지만 부자는 희망을 버리지 않았어요. 혼자서 소를 끌고 밭을 갈기 시작했답니다.

어느새 시간이 흘러 가을이 되었고, 작년처럼 가난한 사람들이 부자를 찾아왔어요.

사람들은 허름해진 부자를 보고 깜짝 놀랐어요.

“아이고, 착하게 사신 분에게 어떻게 이런 일이…….”

사람들이 부자의 손을 잡고 안타까워했지만, 오히려 부자는 활짝 웃어 보였어요.

그러고는 숨겨 두었던 금 촛대와 그릇을 가져와 사람들에게 나눠 주었답니다.

“여기까지 오셨는데 그냥 보내 드릴 순 없으니 이걸 받아 주십시오.”

사람들은 고개를 저으며 사양했지만, 부자가 우겨서 어쩔 수 없이 물건을 받았어요.

사람들이 떠나고 부자는 다시 씩씩하게 밭을 갈았어요.

그런데 비실거리던 소가 휘청하더니 쓰러져 죽고 말았지 뭐예요.

“아아, 소가 없으면 나는 이제 어떻게 하나. 하늘이시여, 제게 왜 이렇게 힘든 시련을 주시는 겁니까.”

부자는 그동안 참았던 눈물을 흘리며 중얼거렸어요.

그때 죽은 소 옆으로 반쯤 파묻힌 상자가 보였어요.

“뭐지, 이건……!”

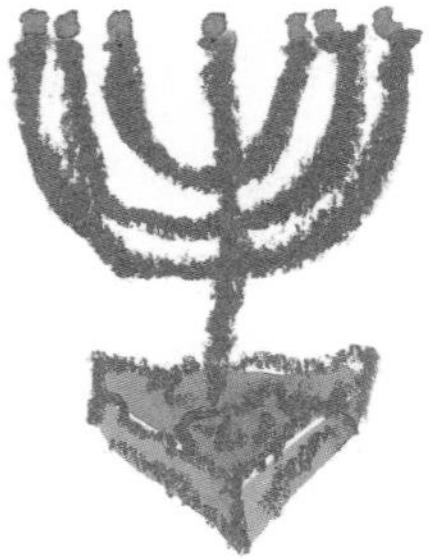

땅을 파 보니 커다란 상자가 나왔고, 그 안에는 보물이 한가득 들어 있었습니다.

"보물이다, 보물이야! 이제 아내와 아이들을 찾아올 수 있겠어!"

그렇게 부자는 보물을 팔아서 아내와 아이들을 데려오고, 일꾼들도 불러 모았어요.

일 년이 지나고, 가을이 되어 부자를 찾아온 사람들은 깜짝 놀랐어요.

"아니, 일 년 사이에 무슨 일이 있었던 겁니까?"

"탈무드의 가르침대로 되었지요. 누군가에게 베풀면 그것이 자신에게 돌아온다는 사실 말입니다."

말을 마친 부자는 어느 때보다 밝은 얼굴로 가난한 사람들에게 돈을 듬뿍 나누어 주었답니다.

왼손이 한 일을 오른손이 모르게 하라고요?

'왼손이 하는 일을 오른손이 모르게 하라.'라는 말이 있어요. 선행을 했다고, 동네방네 소문을 내고 생색을 내면 보기가 싫겠죠?

선행은 칭찬받아야 할 일이지만, 칭찬을 받으려고 선행을 한 건 아니잖아요.

왼손이 한 일을 오른손이 모르듯, 남몰래 선행을 했어도 시간이 지나면 자신에게 돌아오게 되어 있어요. 평소에 남을 열심히 도왔던 부자가 보물 상자 덕분에 다시 일어선 것처럼 말이에요.

세 친구

"쾅! 쾅! 쾅!"

이른 아침부터 문을 두드리는 소리가 요란했어요.

잠을 자던 관리는 너무 놀라서 벌떡 일어나 문을 열었습니다.

"임금님의 명을 전하러 왔으니 무릎을 꿇게."

관리는 '임금님'이라는 말에 무릎을 꿇고 코를 바닥에 댔어요.

"오늘 당장 성으로 들어오너라. 이를 어기면 가만두지 않을 것이다."

관리가 고개를 들자, 남자는 언제 사라졌는지 보이지 않았어요.

"내가 지금 꿈을 꾼 건가? 임금님께서 갑자기 부르시다니……."

관리는 후들거리는 다리로 겨우 의자에 앉았어요.

"뭔가 무서운 일이 벌어질 것 같아. 누가 같이 가 주면 든든할 텐데."

관리는 가장 친한 세 친구를 떠올렸어요.

첫 번째 친구는 관리와 아주 친한 친구였어요. 두 번째 친구는 그다음으로 친했고, 세 번째 친구는 가끔 생각이 나면 만나는 그런 사이였습니다.

관리는 서둘러 세수를 하고 옷을 갈아입고서 친구들을 만나러 갔어요.

친구들이 임금님 앞에서 관리의 편을 들어 줄 거라 생각했거든요.

관리는 가장 친한 첫 번째 친구의 집으로 향했어요.

"아침부터 임금님의 명을 받았다네. 나와 같이 성으로 가 주겠나?"

"흠, 미안하지만 안 되겠네. 괜히 따라갔다가 나에게도 나쁜 일이 생기면 어쩌나……."

첫 번째 친구가 난감한 표정을 지으며 문을 닫았어요. 친구가 당연히 승낙할 거라 생각했던 관리는 풀이 죽었지만, 두 번째 친구를 떠올렸어요.

'그래. 나에겐 아직 두 번째 친구가 남아 있으니 기운을 내자.'

관리는 다시 마음을 가다듬고 두 번째 친구를 찾아갔어요.

그런데 두 번째 친구도 다른 약속이 있다고 핑계를 대며 거절했어요.

"내가 그동안 잘못 살았구나. 내 편이 되어 줄 친구 하나 없다니."

관리는 거리에 서서 “휴.” 하고 한숨을 쉬었어요.

그때, 누군가가 관리의 어깨를 다독이며 인사를 하는 게 아니겠어요?

“이 친구야, 정말 오랜만이군. 여기서 만나다니 말이야.”

관리가 고개를 드니, 세 번째 친구가 서 있었답니다.

“안 그래도 자네를 만나러 가려던 길이었네.”

관리는 망설이며 세 번째 친구에게 같이 성에 가 줄 수 있느냐고 물었어요.

“그럼, 당연하지. 같이 가서 자네의 편이 되어 주겠네.”

세 번째 친구는 일 초의 망설임도 없이 고개를 끄덕이며 웃었어요.

관리는 매우 고마워서 친구의 손을 꼭 잡고 활짝 웃었답니다.

이 이야기에서 세 친구가 무엇을 의미하는지 궁금하지 않나요?

첫 번째 친구는 ‘돈’이에요. 살아 있는 동안 돈이 가장 중요한 것 같지만, 죽으면 단 한 푼도 가지고 갈 수 없답니다.

두 번째 친구는 ‘친구’예요. 내가 죽으면 슬프게 울어 주지만, 장례식이 끝나면 자신의 집으로 돌아가 버리지요.

그렇다면 관리와 함께 성에 가 주기로 한 세 번째 친구는 누굴까요?

바로, 내가 살면서 남들에게 베풀었던 '선행'이에요.
선행은 언젠가 다시 돌아와 나를 돕는답니다.

착한 일을 하면 복을 받고, 나쁜 일을 하면 벌을 받아요

옛날이야기를 보면 착한 행동을 한 사람을 복을 받고, 나쁜 행동을 한 사람은 꼭 벌을 받아요. 이 속에는 내가 한 행동에 대한 대가를 반드시 치르게 된다는 교훈이 숨겨져 있지요. 이런 교훈이 담긴 '인과응보(因果應報)'라는 고사성어도 있답니다.

이야기 속에서 세 번째 친구가 의미하는 것은 그동안 관리가 살면서 베풀었던 선행이었어요. 다른 사람을 돕기 위해 했던 착한 행동들이, 관리가 위험에 빠지자 되돌아와 그를 도운 것이죠.

아무런 대가를 바라지 않고 행동한 일들이, 위기 앞에 놓인 나를 돕는다니 정말 신기하지요?

세계 최고 부자의 선행

빌 게이츠는 컴퓨터 프로그램 회사인 '마이크로소프트'를 세운 기업가예요. 윈도우(Windows) 프로그램이 큰 성공을 거두면서 빌 게이츠는 세계 최고의 부자가 되었어요. 그렇게 33년 동안 회사를 이끌던 그는 갑자기 은퇴를 선언한답니다.

빌 게이츠는 엄청나게 많은 재산으로 새로운 일을 시작하기로 했어요. 아내인 멜린다와 자신의 이름을 딴, '빌 앤 멜린다 게이츠 재단'을 만든 거예요. 빌 게이츠 부부는 재단을 통해서 어려운 사람들에게 기부를 했어요. 등록금이 필요한 학생들, 결핵·소아마비·불치병으로 고통받는 환자들을 도왔어요. 공공 도서관을 짓고, 가난한 이들이 사는 지역의 환경도 개선했어요.

또 가난한 나라에 사는 전 세계 어린이 500만 명의 목숨을 구하고, 새로운 백신을 만드는 연구에도 기부해서 800만 명의 생명을 더 살릴 수 있게 되었답니다.

이러한 빌 게이츠 부부의 뜻에 감명을 받은 금융가 워런 버핏 역시 기부에 동참했어요.

세계에서 가장 부유한 인물 1, 2위를 다투던 빌 게이츠와 워런 버핏. 두 사람은 이제 세계에서 가장 기부를 많이 하는 인물 순위를 놓고 다투는 중이에요. 워런 버핏은 빌 앤 게이츠 재단에 큰돈을 기부하는 사람 가운데 한 명이지요.

빌 앤 게이츠 재단은 빌 게이츠와 멜린다 게이츠, 워런 버핏 세 명 모두 세상을 떠나면 50년 안에 재단 활동을 마무리할 계획이에요. 이는 '최대한 빨리, 가능한 많은 일'을 하기 위해서랍니다.

에필로그

욕심이 많은 놀부는
동생 흥부가 제비에게 선물받은 것이 샘이 나서
똑같이 따라 했어.

일부러 제비의 다리를 부러뜨리고
다시 고쳐 주었지 뭐야.

무언가 바라고 시작하는 것은
선행이라고 할 수 없겠지?

슬기

책으로 지식을 얻고
인생에서 지혜를 배운다.

배고픈 여우

여우 한 마리가 쓰러질 듯 비틀거리며 들판에 왔어요.

"아이고 배고파. 배에서 꼬르륵 먹을 것 좀 달라고 아우성이네."

여우가 마른침을 삼키며 주위를 두리번댔어요.

먹이를 찾아 헤맨 지 벌써 며칠이 지났는지 몰라요. 그러다가 사람이 사는 마을 근처까지 내려오게 되었답니다.

"사람이 사는 곳에는 분명 먹을 게 있을 거야."

여우는 사람이 나타날까 봐, 잔뜩 긴장했어요.

그때였어요. 어디선가 달콤한 포도 냄새가 나는 게 아니겠어요?

여우는 온 정신을 집중해서 콧구멍을 크게 열고 킁킁댔어요.

"분명 포도 냄새야. 냄새만 맡아도 침이 고이네!"

여우는 참지 못하고 포도밭까지 쏜살같이 달려갔어요.

포도밭은 단단한 울타리로 막혀 있었어요. 울타리 사이로 주렁주렁 열린 포도가 보였답니다.

"울타리를 단단히도 쳐 놓았구나. 도저히 안으로 들어갈 수 없어!"

여우는 그저 눈앞의 포도를 바라볼 수밖에 없었어요. 발톱과 이빨로 울타리를 뜯어 보았지만 끄떡도 하지 않았습니다.

"휴, 포도를 먹을 수 있는 슬기로운 방법이 어디 없을까?"

여우는 정신을 가다듬고서 울타리 주변을 살펴보았어요.

그러던 중 구석에서 조그만 구멍을 찾았답니다. 하지만 여우의 머리만 겨우 들어갈 정도였어요.

"어쩌지? 배가 고파서 더 생각하기도 귀찮네."

여우는 구멍 앞에 풀썩 엎드렸어요.

"에라 모르겠다. 굶어서 몸이 날씬해지면 그때 들어갈 수 있겠지……."

그렇게 여우는 며칠을 굶어서 배가 쏙 들어가자 포도밭으로 들어갈 수 있었답니다.

"헤헤, 얼마나 기다렸는지 몰라. 일단 실컷 먹자!"

여우는 정신없이 달콤한 포도를 따서 배불리 먹었어요.

얼마나 시간이 흘렀는지도 몰랐어요. 여우는 문득 정신을 차리고 불룩 튀어나온 배를 쓰다듬으며 하품을 했어요.

"역시, 며칠 굶은 건 슬기로운 생각이었어."

여우는 만족스럽게 깔깔 웃으며 포도밭을 나가려고 했어요.

그런데 아뿔싸! 불룩 나온 배가 구멍에 꽉 끼고 말았지요.

"엉엉, 들어올 생각만 하고 나갈 생각은 못했구나."

결국 여우는 다시 쫄쫄 굶은 다음에 구멍을 빠져나갔답니다.

어떻게 하면 좋을까요? 슬기롭게 생각해 보아요

'슬기'란 어떠한 일을 이치에 맞게 잘 풀어 나가는 힘을 뜻해요. 슬기로운 사람은 무슨 일이 있어도 "아, 이렇게 해서 이렇게 되었구나." 하고 올바른 판단을 할 수 있지요.

이야기 속에서 배고픈 여우가 포도밭 울타리 앞에서 고민을 하고 있어요. 울타리 구멍이 작으니 무조건 굶어야 한다고 생각한 것은 깊이 고민하지 않고 쉽게 내린 결정이에요. 여우가 슬기로웠다면 포도밭에 들어가는 것뿐 아니라 나올 때의 일까지 생각하고 행동하지 않았을까요?

슬기로 승리를 이끈 알렉산더 대왕

마케도니아의 정복왕 알렉산더 대왕이 전쟁을 하던 중이었어요.

열 배가 넘는 적군을 맞이하자, 알렉산더 대왕의 군대는 두려움에 떨었지요.

그때 알렉산더 대왕은 자신의 군대를 추스르고 적군을 이길 수 있는 슬기로운 방법을 생각해 냈답니다.

먼저 알렉산더 대왕은 작은 사원에 들러서 정성껏 기도를 올렸어요.

그리고 부하들 앞에 서서 동전 하나를 보여 주며 말했습니다.

"여기 이 동전을 보아라. 나는 지금 이 동전을 던질 것이다."

부하들은 알렉산더 대왕의 손에서 반짝이는 동전을 보며 침을 꿀꺽 삼켰어요.

"이 동전에 하늘의 뜻이 담겨 있다. 하늘이 우리에게 승리를 가져다준다면, 동전의 앞면이 나올 것이다."

말을 마친 알렉산더 대왕이 하늘 높이 동전을 던졌어요.

"자, 보거라! 하늘의 뜻을!"

동전의 앞면이 나오자, 알렉산더 대왕의 군대는 이미 승리한 것처럼 기뻐했어요. 그리고 동전이 예언한 것처럼, 열 배가 넘는 적군을 단숨에 무찔렀답니다.

그런데 알렉산더 대왕의 동전은 사실 양쪽이 모두 앞면으로 되어 있었어요. 슬기로운 알렉산더 대왕은 가장 무서운 것은 적의 숫자가 아니라 두려움이라는 걸 알았거든요.

그래서 잠깐의 눈속임이지만, 자신이 만든 동전으로 부하들에게 용기를 준 것이랍니다.

에필로그

세상에서 가장 무서운 순간이야.
어쩌지? 어떻게 하면 좋을까?
빨리 슬기로운 방법을 생각해 봐!

그래.
꼬리는 또 자라날 테니까,
일단 목숨부터 구하고 보는 거야!

도마뱀은 꼬리를 싹둑 잘라 내고
부리나케 도망쳤어.

약속

무언가를 약속하고
지키지 않는 것은 아이에게
거짓말하는 것을 가르치는 것이다.

누구에게 낙타를 팔까?

아침부터 시장은 물건을 사려는 사람들로 바글바글했어요.

파닥파닥 뛰는 생선부터 갓 낳은 달걀, 신선한 야채까지 없는 게 없었어요.

그때 상인 하나가 눈썹이 길고 눈이 큰 낙타를 몰고 나타났답니다.

"여기 어리고 튼튼한 낙타가 있습니다. 말도 잘 듣고, 먹이도 조금 먹는 녀석입니다."

낙타 상인의 말에 몇몇 손님들이 관심을 보이며 다가왔어요.

그러자 낙타는 새 주인을 찾아 눈을 껌뻑이며 두리번댔답니다.

상인이 신이 나서 낙타의 고삐를 잡고 제자리에서 한 바퀴 돌았어요.

"어때요? 말도 잘 듣고, 걸음도 잘 걷지요?"

"내가 사겠소. 여행길에 타고 갈 낙타가 필요합니다."

멀리서 지켜보던 젊은 학자가 돈주머니를 꺼내며 말했어요.

"그런데 미안하지만, 돈이 별로 없으니 좀 깎아 주시오."

상인은 젊은 학자의 돈주머니를 보더니 난감한 표정을 지었어요.

“흠, 너무 싸게는 안 돼요. 안 되고말고요.”

젊은 학자는 한참을 고민하다가 가방을 털어서 금화 몇 개를 더 보태며 말했어요.

“자, 이게 내가 가진 전부요. 이제 내게 파시겠소?”

상인은 한숨을 쉬다가 못 이기는 척 고개를 끄덕였습니다.

“흠, 알겠습니다. 낙타를 팔겠습니다!”

젊은 학자는 뛸 듯이 기뻐서 낙타에게 다가갔어요. 낙타도 새 주인이 마음에 드는지 “푸푸.” 하고 소리 냈답니다.

그때 등 뒤에서 다급한 목소리가 들렸어요.

"이보시오. 낙타를 나에게 파시오. 돈은 두둑하게 드리지요"

뒤늦게 나타난 부자가 이들 사이에 끼어들었어요.

부자의 돈주머니를 본 상인은 깜짝 놀랐어요. 반짝반짝 빛나는 금화가 가득 들어 있었거든요.

'흠, 젊은 학자에게 낙타를 팔기로 하고 벌써 돈도 받았는데…….'

상인은 젊은 학자의 눈치를 슬쩍 보더니 고삐를 부자에게 넘겨주었답니다.

"자, 이 낙타를 손님께 드리지요."

"뭐, 뭐라고요? 저에게 낙타를 팔기로 하지 않았습니까?"

젊은 학자가 얼굴이 새빨개져서 상인에게 소리쳤어요.

주변에 있던 다른 손님들도 웅성웅성 말을 보태며 젊은 학자의 편을 들기 시작했어요.

"팔기로 약속을 했으면 지켜야지."

"한 입 가지고 두말하나? 돈 때문에 그러면 못써요."

다른 손님들이 항의를 하자, 부자도 멋쩍은 듯 머리를 긁었어요.

"이미 팔린 낙타인 줄 몰랐소. 난 안 살 테니 돈을 돌려주시오."

결국 낙타는 원래대로 젊은 학자가 사게 되었답니다.

새끼손가락 걸고 한 약속을 잊지 마세요

왜 사람들은 약속을 할 때, 새끼손가락을 걸까요?

여러 나라에서 이에 대한 이야기가 전해 내려오는데, 새끼손가락을 걸어야 마음 또는 영혼이 통한다는 내용은 비슷해요. 약속은 서로의 마음과 믿음을 나누는 행동이랍니다. 약속을 어기는 것은 서로의 믿음을 깨는 일이지요.

이야기 속에서 낙타 상인이 젊은 학자에게 낙타를 팔기로 한 것 또한 하나의 약속이에요. 그런데 뒤늦게 돈을 더 받을 수 있다는 이유로 부자에게 낙타를 팔면 그 약속을 어기는 것이지요?

약속을 하면 꼭 지키는 습관을 가져야 한답니다. 만약 약속을 지키지 못할 것 같을 땐 상대방에게 그 이유를 설명하고 사과하도록 해요.

약속을 지키려다 체포된 안창호

안창호는 일제 강점기에 우리나라의 독립운동을 이끈 위인이에요.

교육학에 관심이 많았던 그는 미국으로 건너가 오렌지 농장에서 일하며 공부를 했어요. 그리고 조국으로 돌아와 아이들을 위한 학교는 물론, 대한민국 임시 정부를 세우기 위해 애썼답니다.

그런 안창호가 중요하게 여긴 것이 있어요. 그것은 바로 약속을 꼭 지켜야 한다는 거예요.

삼엄한 일본의 감시를 피해 중국 상하이에 숨어 있던 안창호는 한 소년과의 약속을 잊을 수 없었어요. 다섯 달 전에 교민단장 이유필의 아들에게 소년단 기금을 마련해 주기로 약속을 했거든요. 안창호가 이유필의 아들을 만나러 나가려 하자, 주변 사람들이 모두 말렸어요.

"선생님, 일본 경찰이 기다리고 있을지 모릅니다. 위험하니 가지 마세요."

"그래도 약속은 꼭 지켜야지. 아이가 실망할 텐데……."

다른 이가 보았을 때엔 가볍게 여길 수도 있는 약속이었지만, 안창호는 그러지 않았어요.

언젠가 조국의 독립을 위해 싸울 소중한 인재가 될 소년을 실망시키고 싶지 않았지요.

결국 안창호는 이유필의 집에 찾아갔다가 숨어 있던 일본 경찰에 잡히고 말았어요. 이 일로 안창호는 감옥에서 2년 6개월을 갇혀 있어야 했지만, 자신의 선택을 후회하지 않았답니다.

에필로그

이 사람과의 약속은 가장 지키기가 어려워.
이 사람은 누굴까?
그건 바로 나야.

약속을 어겨도 아무도 모르니까 쉽게 어기고 말지.
하지만 그 약속을 지키면 참 뿌듯해.

10분 일찍 일어나기, 하루에 1시간 책 읽기, 3분 동안 이 닦기…….
너무나 많은 약속에 힘들 때도 있지만
결국엔 나를 성장하게 도와주거든.
그러니까 무슨 일이 있어도 그 약속은 꼭 지키고 싶어.

우애

피는 물보다 진하다.

우애 좋은 형제

옛날에 서로를 아끼며 사랑하는 형제가 살았어요.

형제의 부모님은 오래전에 돌아가셨지요. 부모님은 형제에게 작은 땅을 남기셨답니다.

형제는 서로에게 의지하며 함께 농사를 지었어요.

"아우야, 우리에게 이 땅이 있어서 다행이야."

형제는 새벽에 일어나 밤이슬을 맞으며 함께 일했습니다.

그사이 형에게는 아내와 아이들이 생겼고, 아우는 아직 혼자 살았어요.

힘겨운 봄과 여름이 지나고, 가을이 오자 밀이 노랗게 익었지요.

"정성껏 일한 보람이 있는데? 올해는 풍년이로구나!"

형제는 신이 나서 허리를 굽히고 밀을 베었어요. 추수한 밀은 똑같이 반으로 나누어 가졌답니다.

그런데 그날 밤, 동생은 무슨 일인지 잠들지 못했어요.

"내 생각이 짧았어. 형에겐 형수님과 조카가 있는데, 밀이 더 필요할 거야."

동생은 자리에서 벌떡 일어나 옷을 입으며 중얼거렸어요.

"그래, 형 몰래 밀을 더 가져다주자."

동생은 여러 번 왔다 갔다 하며 형의 헛간에 밀을 놓아두고 왔어요.

그제야 동생은 두 다리를 쭉 뻗고 미소를 지으며 잠들었답니다.

한편, 잠든 줄 알았던 형의 눈이 번쩍 떠졌어요.

"아우에게 밀을 더 줄걸. 앞으로 결혼을 하려면 돈이 꽤 필요할 텐데……."

형은 눈곱을 떼고 신발을 신었어요. 그리고 밀을 들고 동생의 헛간으로 향했답니다.

"하하, 이제야 마음이 좀 편해지는구나."

형은 동생의 헛간에 두둑하게 밀을 채워 주고 나서야 기분 좋게 잠들었어요.

이렇게 형제는 행복하게 꿀 같은 잠을 잤답니다.

다음 날 아침이었어요. 각자의 헛간으로 간 형제의 두 눈이 휘둥그레졌어요.

"어허, 이상하다. 분명 어제 아우에게 밀을 주었는데……."

형은 헛간에 밀이 줄지 않고 그대로 있는 것에 놀랐어요.

동생도 마찬가지였어요. 머리를 긁적이며 손가락으로 밀이 담긴 부대를 세고 또 세어 보았어요.

"어제 내가 꿈을 꾼 건가? 왜 밀이 그대로인 거지?"

형제는 서로 고개를 갸우뚱했어요. 그래서 다시 밤이 되자, 형은 아우에게 아우는 형에게 밀을 가져갔답니다.

형제는 서로의 집으로 향하는 길목에서 딱 마주쳤어요.

"아우야, 여긴 웬일이야? 어깨에 메고 있는 건 뭐고?"

"내가 묻고 싶은 말이야. 형이 지고 있는 건 뭐야?"

형제는 서로의 어깨에 메고 있는 밀을 보고 깜짝 놀랐어요.

형제는 서로를 생각해 주는 마음씨에 크게 감동했어요.

두 사람은 밀을 바닥에 내려놓고, 서로를 꼭 끌어안았답니다.

세상에서 가장 든든한 형제가 되어 줄래요?

가끔 형제끼리 싸우면 부모님께서 이렇게 말씀하세요.

“엄마 아빠가 없으면 이 세상에서 서로 의지할 사람은 너희뿐인데, 싸우면 되겠니?”

그러면서 우애 있게 지내라고 타이르시지요.

내 장난감을 허락도 없이 가져가는 형이 미울 때가 있어요. 내가 잘못한 것을 엄마에게 쪼르르 가서 이르는 동생이 밉기도 하고요. 그런데 다른 아이들이 우리 형제를 괴롭히면 얘기가 달라지지요.

“감히 우리 형을 건드렸단 말이지?”

“내 동생은 내가 지킨다.”

우리는 우애 좋은 형제가 된답니다. 참 신기하지요?

‘우애’는 형제 말고 친구 사이에서도 쓸 수 있어요. 친구랑도 형제처럼 우애 있고 정답게 지낸다면, 세상에서 가장 든든한 또 다른 형제를 만들 수 있지요.

형제가 없다고 속상해하지 말고 친구 가운데 형제처럼 우애를 나눌 사람을 한번 찾아보세요.

개뱅이 다리에서 만난 우애 깊은 이씨 형제

조선 시대 우애 깊은 이씨 형제가 살았어요.

형의 이름은 성만이었고, 동생은 순이었어요.

형은 윗들거리에 살았고, 동생은 오리골에 살았답니다.

가을이 되자 형제는 벼를 추수했는데, 그해는 풍년이었어요.

곳간을 가득 채운 벼를 보고 형제는 각자 이렇게 생각했어요.

"올해는 동생이 결혼도 했으니 벼를 좀 더 가져다주어야겠구나."

"형은 제사를 모시니까, 벼를 더 드리자."

형제는 각자의 볏짚을 지고 밤길을 나섰어요. 그리고 서로의 곳간을 가득 채워 주었답니다.

다음 날이 되자, 형제는 곳간에 그대로 있는 볏짚을 보고 이상하게 생각했지요.

윗들거리와 오리골 사이에는 개뱅이 다리가 있었어요.

형제는 다시 밤이 되자, 볏짚을 지게에 잔뜩 지고 길을 나섰다가 개뱅이 다리 위에서 마주쳤어요.

“아이고, 형님. 그 무거운 것을 지고 어딜 가십니까?”

“아우야말로 왜 이 밤에 고생을 사서 하는가?”

형제는 서로에게 주려고 볏짚을 지고 왔다는 사실에 크게 감동을 받았어요.

훗날, 사람들은 이씨 형제의 우애를 본받으라는 의미에서 개뱅이 다리 옆에 비석을 세웠다고 합니다.

에필로그

언니의 옷이랑 구두만 보면
자꾸 탐이 나고 부러워.

엄마는 분명 나한테도 똑같이 옷이랑 구두를 사 주며
언니와 우애 있게 지내라고 했는데.

언니가 화를 낼 것을 알면서도……,
허락 없이 언니 물건을 썼어.
괜히 언니 것이 좋아 보였나 봐.

이젠 그러지 않을래.
내가 원하는 건 언니의 옷이 아니라
언제나 내 편이 되어 주는 언니의 넓은 마음이니까.

은혜

마음은 신의 은총을 받고,
몸은 푸줏간의 은혜를 입고 있다.

은혜 갚은 사자와 뱀

시원한 바람을 타고 구름이 뭉게뭉게 흘러가는 오후였어요.

나그네가 가던 길을 멈추고 밀짚모자를 벗었어요. 밀려오는 바람에 땀을 식히며 조용히 하늘을 올려다보았답니다.

그때였어요. 어디선가 "살려 주세요!" 하는 목소리가 들리지 않겠어요?

나그네가 놀라서 목소리가 들리는 쪽으로 달려갔습니다.

숲 한가운데에 우물이 파여 있었는데, 그 안에서 "여기에요. 여기!" 하는 소리가 들려왔어요.

나그네는 우물을 들여다보며 "헉!" 하고 놀랐지요.

우물에는 어떤 남자와 뱀, 그리고 무시무시한 사자가 있었어요.

"제발 살려 주세요! 사자와 뱀이 나를 잡아먹을지 몰라요."

"저런, 어쩌다가 우물에 갇히게 된 겁니까?"

남자는 "어흥!" 하고 우는 사자의 눈치를 보며 대답했어요.

"목이 말라 우물에 왔는데 사자를 보고, 이 안으로 뛰어들었다가……."

나그네는 고개를 끄덕이고는 주변에 있던 칡넝쿨을 가져왔어요.

"자, 이 칡넝쿨을 단단히 붙잡고 계세요."

나그네는 있는 힘껏 칡넝쿨을 끌어 올려서 남자를 구해 냈어요.

그러자 우물에 있던 사자와 뱀도 앞다투어 소리쳤어요.

"어흥! 나도 구해 줘요. 꼭 은혜를 갚을게요."

"이 뱀도 구해 준다면, 그 은혜를 잊지 않겠어요"

나그네는 어떻게 해야 할지 고민되었어요. 무시무시한 사자와 독을 가진 뱀이지만, 우물에 갇힌 모습이 불쌍해 보였거든요.

"흠, 그렇다면 우물 밖으로 나와도 해치지 않겠다고 약속해."

"좋아요. 털끝 하나 건드리지 않을게요."

사자와 뱀은 굳게 약속을 하고 나그네가 내려 준 칡넝쿨을 잡고 올라왔어요.

그런데 막상 사자와 뱀을 구하고 나니 나그네의 등골이 서늘했어요.

'헉, 가까이서 보니 무섭구나. 내가 괜한 짓을 했나?'

나그네는 자신도 모르게 슬금슬금 뒷걸음질을 쳤어요.

그때 사자가 어디론가 뛰어갔다 오더니, 입에 무언가 물고 나타났답니다.

“나그네님, 제가 은혜를 갚는다고 했죠? 이것 받으세요.”

사자가 준 것은 번쩍번쩍 빛나는 황금이었어요.

“이렇게 커다란 황금은 처음 봐. 사자야, 정말 고마워.”

나그네는 사자와 뱀과 헤어지고, 남자와 마을로 향했어요.

얼마나 갔을까, 갑자기 남자가 나그네에게 따지기 시작했어요.

“이봐. 나를 구해 주다가 황금을 얻었으니, 그 황금은 내 거야.”

“뭐, 뭐라고? 이건 사자가 나에게 준 황금인데…….”

남자는 황금을 뺏으려고 싸움이라도 할 듯 주먹을 쥐었어요.

나그네는 어이가 없으면서도 황금을 빼앗길까 두려웠습니다.

그때였어요. 어디선가 뱀이 나타나, 남자의 목을 칭칭 감기 시작했어요.

"나그네님, 어서 황금을 들고 가세요. 이놈은 제가 혼내 줄게요."

"아까 내가 구해 준 그 뱀이로구나. 고마워!"

이렇게 나그네는 뱀 덕분에 황금을 들고 마을로 가서 부자가 되었답니다.

은혜로운 사람, 은혜를 꼭 갚는 사람이 되어요

'은혜'는 누군가가 어진 마음으로 베푼 고마운 일이에요. 의미를 알고 나니, 항상 곁에서 돌봐 주시는 부모님이 생각나지요? 그리고 우리가 올바르고 똑똑한 사람이 되도록 가르침을 주시는 선생님도 떠오르고요.

대부분의 사람들은 누군가에게 은혜를 입으면 잊지 않고 갚으려고 해요. 사자가 나그네에게 황금을 주고, 뱀이 나그네를 구해 주는 것처럼 말이에요.

나이가 어려도 누군가에게 은혜로운 사람이 될 수 있어요. 어려움에 처한 친구나 이웃을 보면 그냥 지나치지 말고 도와주는 거예요. 누군가에게 은혜로운 사람이 되는 일, 생각만 해도 멋지지 않나요?

실수를 용서한 왕, 은혜를 잊지 않은 장군

중국 초나라의 장왕이 반란군과 싸워서 이기고 궁궐로 돌아왔어요.

“오늘은 기쁜 날이다. 모두 함께 잔치를 벌이자!”

장왕과 그의 신하들은 밤이 늦도록 흥겹게 즐겼어요.

특별히 장왕이 사랑하는 여인 허희가 직접 신하들에게 술도 따라 주었습니다.

그런데 갑자기 어디선가 바람이 불어와서 궁궐의 촛불이 모두 꺼졌어요.

그사이 술에 취한 신하 하나가 허희의 옷자락을 잡아끌었답니다.

허희는 놀라서 신하의 관 끈을 끊어 버렸어요.

“폐하, 어떤 자가 어두운 틈을 타 저를 희롱했습니다. 관 끈을 끊었으니, 불을 켜서 그자를 잡아 주옵소서.”

신하가 임금의 여인을 넘본다는 건, 목숨을 잃을 정도로 큰 죄였어요.

하지만 장왕은 화를 내기는커녕, 이렇게 말했습니다.

"사람은 누구나 실수를 할 수 있다. 오늘은 내가 잔치를 베푼 날이니 실수를 용서하겠다. 모두 관 끈을 끊도록 하라."

그렇게 신하들은 모두 관 끈을 끊었고, 누가 죄인인지는 알 수가 없었답니다.

몇 년이 지나서, 초나라는 진나라와 여러 번 전쟁을 했어요. 그런데 장왕이 위험에 처할 때마다 어떤 장군이 목숨을 바쳐 구해 내곤 했어요.

"그대 덕분에 살았구나. 이 은혜를 꼭 갚아야겠다."

"아닙니다. 오히려 제가 폐하께 은혜를 갚아야 합니다."

그 장군은 3년 전, 허희의 옷자락을 잡아끌었던 일을 털어놓았어요. 장군은 너그럽게 죄를 덮어 준 장왕에게 은혜를 갚으려고 목숨을 바쳐 싸웠던 거랍니다.

에필로그

물에 빠진 생쥐를 보고,
토끼가 깜짝 놀라서 구해 주었어.

그런데 웬걸…….
힘들게 구해 준 은혜는 모르고,
생쥐는 떠내려간 가방을 찾으며 토끼를 원망했지.

은혜도 모르는 생쥐야.

이해

마음의 문은 입이요,
마음의 창은 귀다.

로마를 구한 학자

지혜롭기로 유명한 학자와 로마의 황제는 친한 친구 사이였어요.

어려운 일이 생기면, 꼭 서로에게 조언을 구하곤 했답니다.

하지만 학자가 사는 나라와 로마의 관계가 나빠졌어요.

그래서 둘은 친구 사이라는 것을 숨겨야 했습니다.

어느 날, 황제는 로마의 운명이 걸린 큰 결정을 내려야 했어요.

"아무리 똑똑한 신하들과 이야기를 해도, 내 친구만 못하구나. 그의 의견을 듣고 싶은데……."

결국 황제는 편지를 쓴 다음에 믿을 만한 부하를 불렀어요.

"아주 중요한 내용이 담긴 편지다. 누구에게도 들키지 말고, 학자에게 전달하도록 해라."

부하는 아무도 알아볼 수 없게 변장을 하고 학자의 나라로 떠났어요.

며칠이 꼬박 걸려서, 황제의 편지가 무사히 학자의 손으로 전해졌지요.

학자는 서둘러 편지를 펼쳐서 읽기 시작했답니다.

오랜 친구여, 나의 고민을 덜어 줄 수 있겠소?

먼저, 내 아들을 황제 자리에 앉히고 싶소.

그리고 주변의 나라를 자유 무역 도시로 만들려 하는데, 방법을 찾을 수 없구려.

그대의 지혜로운 조언이 그 어느 때보다 절실하니 도와주시오.

학자는 고민으로 어두워졌을 황제의 마음을 이해할 수 있었어요.

'우리 나라와 로마의 사이가 안 좋으니, 편지를 쓰면 위험해.'

학자는 한동안 고민을 하다가 황제의 부하에게 말했어요.

"답장을 쓸 수는 없으니, 내가 하는 행동을 황제께 말해 주시오."

학자는 자신의 아들을 목말 태운 뒤에 비둘기를 날려 보내게 했어요.

황제의 부하는 그것이 무슨 의미인지 이해가 되지 않았지만 서둘러 황제에게 돌아갔습니다.

"내가 얼마나 기다렸는지 아느냐? 어서 답장을 이리 다오."

"폐, 폐하, 편지는 없사옵니다. 대신……."

부하는 학자가 했던 행동을 말로 전해 주었고, 황제의 얼굴이 밝아졌어요.

"내 아들을 다음 황제로 삼고, 아들의 손으로 자유 무역 도시를 만들라는 뜻이구나."

하지만 다음 날, 신하들은 황제의 뜻을 반대했어요.

황제는 답답한 마음에 다시 편지를 써서 부하를 학자에게 보냈어요.

편지를 본 학자는 고민을 하다가 밭으로 나가서 채소를 뽑았어요. 그러다가 집 안으로 들어가고, 조금 있다가 다시 나와서 채소를 또 뽑고, 집으로 들어가길 반복했어요.

부하는 돌아가서 학자의 행동을 황제에게 들려주었답니다.

그러자 황제가 무릎을 탁 치며, 껄껄 웃기 시작했어요.

"역시 그는 뛰어난 학자이자 나의 가장 소중한 친구다. 하하!"

황제는 자신을 반대하던 신하들을 조금씩 처리했어요. 설득하거나 관직을 그만두게 했지요. 학자가 시간을 두고 채소를 뽑아냈듯 말이에요.

그렇게 몇 년이 지나자 황제의 아들이 자연스레 그 뒤를 잇게 되었어요. 새 황제는 학자의 말처럼 주변 나라를 자유 무역 도시로 만들었답니다.

말하지 않아도, 모두 이해할 수 있을까요?

'마음이 서로 통한다.'는 뜻의 이심전심(以心傳心)이라는 고사성어가 있어요. 말하지 않아도 상대방이 무슨 생각을 하고 무엇을 원하는지 다 이해할 수 있다는 의미예요.

그러고 보니, 편지를 주고받지 않아도 서로의 뜻을 이해한 로마의 황제와 학자가 떠오르지요?

황제와 학자는 친한 친구 사이였기에 이심전심이 가능했어요. 우리도 마찬가지예요. 가족들이나 친구의 얼굴만 보아도 기분이 어떤지, 왜 저런 행동을 하는지 금방 이해할 수 있지요.

그렇다면 가족이나 친구 사이가 아니어도 서로를 이해할 수 있을까요? 서로 다른 언어를 쓰는 낯선 사람 혹은 강아지나 나무의 마음까지도요?

물론 이해할 수 있어요. 그것은 내 마음에 달린 문제거든요. 먼저 마음의 문을 열고 상대를 이해하려고 애써 보세요. 세상에 이해하지 못할 일은 아무것도 없을 거예요.

백성들을 진정으로 이해한 승려, 원효

원효는 통일 신라 시대에 살았던 유명한 스님이었습니다.

그는 부처님의 가르침을 백성과도 나누고 싶었어요. 하지만 이때는 대부분 왕족과 귀족들만 불교를 믿었답니다. 불교의 가르침을 깨칠려면 글을 읽을 줄 알아야 하는데, 글자를 모르는 백성이 많았거든요.

어느 날, 원효는 백성들이 거리의 광대를 보고 즐거워하는 모습을 보았어요.

광대는 우스꽝스러운 분장을 하고, 표주박을 두드리며 노래를 부르고 있었습니다.

그 모습을 보던 원효는 두 눈을 반짝이며 "바로 저거야!" 하고 외쳤어요.

"옳거니! 부처님의 말씀을 쉬운 노래로 만들어 부르자. 그러면 백성들도 부처님의 가르침을 이해할 수 있을 거야."

그날부터 원효는 표주박 모양의 그릇을 들고 다니며 노래를 부르기 시작했어요. 그릇엔 '무애(無㝵)'라는 이름을 붙였지요.

목탁을 두드리며 염불을 외던 스님이 광대처럼 노래하고 다니자, 백성들은 이상하게 생각했어요.

하지만 점차 원효가 다녀간 마을의 백성들은 자연스럽게 그 노래를 따라 부르기 시작했지요. 그러다 마침내 노래 속에 숨겨진 부처님의 말씀을 이해할 수 있었답니다.

원효가 무애를 두드리며 부르던 이 노래를 가리켜 '무애가'라고 해요.

백성들의 상황을 이해하고 그에 맞는 대처법을 찾아낸 원효 덕분에, 통일신라의 많은 사람들이 불교를 받아들일 수 있었답니다.

에필로그

같은 그림을 보고도, 다르게 생각할 수 있어.

누구는 커다란 물 잔으로
누구는 마주 보고 있는 얼굴로 이해했지.

모든 사람이 똑같은 생각을 할 수는 없어.
우리는 다 다른 존재이기 때문이야.
그렇기 때문에 세상이 재미있는 건 아닐까?

재치

영리한 사람이 웃는다.

엄격한 율법

두 사람이 낙타를 타고서 사막을 넘어 먼 곳으로 여행을 떠났어요.

한 명은 보통 시민이었고, 한 명은 칼을 찬 병사였습니다.

"휴, 덥네요. 꽤 힘든 여행이 될 것 같아요."

시민이 이마의 땀을 닦으며 말하자, 병사가 고개를 끄덕였어요.

뜨거운 태양 아래로 금빛 모래 언덕이 사방으로 펼쳐져 있었어요.

낙타는 끝없는 사막을 쉬지 않고 걷고 또 걸었답니다.

"헉, 저기…… 저기에 오아시스가 보여요!"

병사가 가리키는 곳엔 맑은 물이 찰랑이는 오아시스가 있었어요.

두 사람은 기뻐하며 오아시스로 달려갔지요.

"우리 나무 그늘에서 점심을 먹을까요? 배가 많이 고프네요."

병사가 가방에서 빵을 꺼내며 말했어요.

사실 두 사람은 오늘 아무것도 먹지 못했어요. 먹음직스러운 햄이 든 빵을 보자 시민은 군침을 꼴깍 삼켰답니다.

“자, 우리 사이좋게 반으로 나눠 먹읍시다.”

병사가 빵을 반으로 잘라서 건넸지만, 시민은 고개를 저었어요.

“아닙니다. 혼자 다 드세요. 전 괜찮아요.”

이번에는 병사가 가방에서 달콤한 포도주를 꺼냈어요.

“한 잔 드릴까요? 양은 충분합니다.”

“아……. 저는 신경 쓰지 말고 다 드세요. 배고프지 않아요.”

하지만 시민의 배에서 천둥이 치는 것처럼 “꼬르륵꼬르륵.” 소리가 났어요.

병사는 배가 고프지 않다고 거절하는 시민을 이해할 수 없었습니다.

“참 이상하네요. 배가 고프잖아요. 왜 거절하시는 겁니까?”

그러자 시민은 고개를 푹 숙이더니, 기운 없는 목소리로 대답했어요.

“사실……. 제가 믿는 종교에서는 돼지고기와 술을 먹으면 안 된다는 율법(종교의 규칙)이 있습니다.”

“아무리 그래도 배가 고픈데, 한 번쯤 율법을 지키지 않으면 어떻습니까? 그냥 드세요.”

“생명이 위급할 때만 율법을 깰 수 있어요…….”

병사는 곰곰이 생각하다가 갑자기 칼을 빼어 들었어요.

“당장 이 빵과 포도주를 먹지 않으면 당신을 찌르겠습니다!”

병사가 시민에게 칼을 겨누자, 시민은 고개를 끄덕였어요.

“아, 알겠어요. 당장 먹을게요.”

그제야 병사가 칼을 치우고 머리를 긁적였어요.

“생명의 위협을 느끼게 하려면 어쩔 수 없었습니다. 놀랐다면 미안해요.”

“아니에요. 당신의 재치 있는 행동 덕분에 배부르게 잘 먹었습니다.”

두 사람은 깔깔 웃고 부른 배를 두드리며 낙타에 탔어요.

그사이 물을 다 마신 낙타와 두 사람은 다시 긴 여행을 시작했답니다.

문제를 해결하는 재치 있는 방법을 생각해 봐요

이야기 속에서 시민은 율법을 지키느라 병사가 주는 음식을 먹지 못했어요. 유대교에서, 율법은 죽을 위기에 처한 것이 아니라면 반드시 지켜야 했거든요. 이런 시민의 마음을 어떻게 알았는지, 병사가 재치 있게 행동했어요.

재치가 있다는 것은 상황에 따라 눈치 빠르고 현명하게 행동하는 것을 말해요.

어떤 문제가 생겼을 때 좌절하지 말고 재치 있게 해결 방법을 찾아보세요. 생각을 조금만 비틀면 분명 멋진 아이디어가 떠오를 거예요.

도둑이 금 그릇을 놓고 갔다고?

어느 날, 로마의 황제가 처음으로 성경을 읽게 되었어요.

아주 먼 옛날 하느님께서 이 세상을 창조하시고 흙으로 아담을 만드셨어요.

아담은 자신이 최초의 사람이라는 사실에 기뻤어요. 하지만 곧 혼자라는 생각에 외로워졌답니다.

“호랑이도 사슴도 고슴도치도 제짝이 있는데, 내 곁엔 아무도 없구나. 흑흑.”

하느님은 슬퍼하는 아담의 갈비뼈를 하나 빼서 거기에 흙을 붙였어요.

흙덩이는 아름다운 여자의 모습으로 바뀌었어요. 그 사람이 바로 아담의 짝인 하와랍니다.

“하와, 당신을 얼마나 기다렸는지 몰라요!”

아담과 하와는 처음 본 순간 서로를 깊이 사랑하게 되었답니다.

성경을 읽던 황제는 하느님을 믿는 한 가족을 불렀어요.

“폐하, 부르셨습니까?”

"성경을 읽던 중에 궁금한 점이 생겼다."

아버지와 어머니 그리고 어린 딸은 엎드려서 황제의 다음 말을 기다렸어요.

"아담의 갈비뼈를 빼내다니, 너희가 믿는 하느님은 도둑이 아니더냐?"

가족은 하느님이 도둑이라는 말에 놀라서 고개를 들었어요.

아무리 황제이지만 하느님을 함부로 말하는 것 같아 화가 났답니다.

하지만 황제의 앞이라 아무 말도 하지 못했어요.

"대꾸를 하지 않는 것을 보니 내 말이 맞구나."

황제가 웃으면서 성경을 치우라고 명했을 때였어요.

"잘못 아셨습니다."

가장 뒤에 엎드려 있던 어린 딸이 외쳤습니다.

그 순간 황제는 물론 딸의 아버지와 어머니도 놀라서 눈이 동그래졌어요.

"지금 내가 잘못 알고 있다고 말했느냐?"

"네. 폐하께서는 성경을 잘못 이해하셨습니다."

어린 딸이 황제를 똑바로 쳐다보며 씩씩한 목소리로 대답했어요.

병사들이 딸을 끌어내려고 다가가자, 황제가 손을 들어 말렸어요. 뭐라고 할지 그다음 말이 궁금했거든요.

"폐하, 지난밤에 저희 집에 도둑이 들었습니다."

"그래? 도둑이 무엇을 훔쳐 갔느냐?"

"아무것도 훔쳐 가지 않았습니다. 오히려 금 그릇 하나를 놓고 갔지요."

"참으로 이상한 일이로구나. 금 그릇을 놓고 가다니 정말 도둑이 맞느냐?"

황제는 대꾸를 하다가 아차 싶었어요.

하느님 역시 아담의 갈비뼈를 가져갔지만, 하와라는 짝을 주었으니 도둑이라고 할 수 없었던 거예요.

"하하, 참으로 재치 있는 아이로다. 내가 말을 잘못했구나, 미안하다."

이렇게 황제는 어린 소녀의 가족에게 진심으로 사과했답니다.

상황을 내 편으로 바꾸는 재치의 힘!

누군가 나를 놀리면, 심장이 두근거리고 얼굴이 빨개져요. 화가 나서 맞받아칠 말을 생각도 못하고 끙끙대기만 해요. 집에 돌아가서 생각하면 내가 너무 바보 같아서 이불 속에서 발차기를 한답니다.

이런 때 재치를 발휘하면 내게 유리한 쪽으로 상황을 바꿀 수 있어요. 이야기 속의 어린 딸처럼 말이에요. 누군가가 소중하게 믿는 종교에 대해 함부로 말하는 것은 예의에 어긋나는 일이에요. 하지만 황제에게 감히 뭐라고 할 수가 없었지요. 그래도 어린 딸은 도둑과 금 그릇 이야기로 자연스럽게 황제가 자신의 잘못을 인정하게 만들었답니다. 이처럼 화가 나거나 예상치 못한 상황이 닥쳤을 때 어린 딸처럼 재치 있게 대처해 보도록 해요.

가짜 아인슈타인의 재치

세계적으로 유명한 물리학자, 아인슈타인에 대한 이야기예요. 아인슈타인은 우주의 비밀을 밝힌 상대성 이론으로 노벨 물리학상을 받았어요. 그 뒤 여러 사람들 앞에서 400번이 넘는 강연회를 했답니다. 그러던 어느 날 아인슈타인이 심한 감기에 걸려서 목소리를 낼 수가 없었어요.

"선생님, 강연회장에 도착했는데 어쩌죠?"

아인슈타인의 운전기사가 차를 멈추고 걱정스러운 얼굴로 물었어요.

"큰일이군. 많은 사람들이 내 강연을 기다리고 있을 텐데……."

아인슈타인이 모기만 한 목소리로 겨우 대답을 하자, 운전기사가 눈을 반짝였어요.

"제가 선생님인 척하고 강연하면 어떨까요? 하도 많이 들어서 강연 내용을 줄줄 외울 수 있습니다."

아인슈타인은 운전기사가 얼마나 잘하나 궁금한 마음에 그러라고 했어요.

드디어 강연회가 시작되었어요. 운전기사는 아인슈타인의 말투까지 똑같이 흉내 내며 강연을 했답니다. 객석에 앉아 있던 아인슈타인이 손뼉을 칠 정도였어요. 그때 어떤 교수가 손을 들고 질문했어요. 당연히 운전기사가 모르는 물리학에 관한 질문이었지요. 운전기사의 얼굴이 빨개졌어요. 아인슈타인은 걱정스러운 눈빛으로 자리에서 일어섰답니다. 그때 운전기사가 말했어요.

"하하, 그것도 질문이라고 하십니까? 내 운전기사도 대답할 수 있겠군요. 저기 마침 내 운전기사가 있군. 어서 대답을 해 주게!"

객석에 있던 아인슈타인은 운전기사인 척하고 교수의 질문에 대답했어요.

이렇게 재치 있는 운전기사의 대처 덕분에, 다음 날 신문에는 〈아인슈타인의 운전기사가 대학 교수보다 낫다.〉라는 제목의 기사가 실렸답니다.

에필로그

방 청소하기 귀찮아.
숙제는 왜 맨날 해야 할까?
가끔 누가 내 어깨를 주물러 주면 좋겠어.

그래서 나는 결심했어!
재치 넘치는 나만의 발명품!
이 모든 것들을 해결해 줄 로봇을 만들 거야.

정성

기적을 바라는 것은 좋지만,
그 기적에 의지해서는 안 된다.

누가 배를 고쳐 놓았을까?

호숫가 근처에 사는 농부에게는 조그만 배가 있었어요.

그는 가끔 배를 타고 노를 저으며 생각에 잠기거나 낚시를 하곤 했답니다.

그날도 농부는 배를 타고 조그만 생선 두 마리를 잡았어요.

농부는 파닥거리는 생선과 무거운 배를 끌고 집으로 향했습니다.

그러다가 그만, 배를 놓치고 말았어요.

"어이쿠! 배 바닥에 구멍이 났구나!"

배 바닥이 뾰족한 돌부리에 "쿵!" 하고 부딪히면서 구멍이 났지 뭐예요.

"집에 가서 고쳐 놓아야겠구나. 에이, 귀찮은 일이 생겼군."

농부는 투덜거리며 배를 끌고 갔어요.

하지만 집으로 돌아간 농부는 아내와 아들에게 생선을 보여 주느라, 배에 구멍이 난 일을 까맣게 잊고 말았어요.

가을비가 내리고, 날씨가 추워지더니 곧 겨울이 찾아왔습니다.

구멍 난 배 위로 하얀 눈이 소복이 쌓이자 농부는 그곳에 배가 있다는 사실

마저 잊어버렸어요.

어느덧 눈이 녹고 꽃을 틔우는 따스한 봄이 돌아왔어요.

어느 날 마을에서 일하는 칠장이가 농부의 집을 찾아왔습니다.

"일거리 좀 없을까요? 울타리와 지붕을 새로 칠해야겠는데요? 맡겨 주시면 열심히 하겠습니다."

농부는 칠장이가 돈을 벌기 위해 괜한 얘기를 하는 것 같아 마음에 들지 않았어요.

"흠, 울타리나 지붕은 괜찮으니 거기 있는 배나 칠해 주게."

칠장이는 싱글벙글 웃으며 배를 가져갔지요.

며칠이 지나서 칠장이가 예쁘게 색을 칠한 배를 다시 가져왔어요.

새것같이 변한 배를 보자, 농부의 아들이 신이 나서 졸랐어요.

"아버지, 호수에 얼음도 다 녹았는데, 배를 타러 가도 돼요?"

"흠, 그러려무나. 대신 저녁 먹기 전까진 돌아와야 한다."

아들은 노래까지 부르며 배를 가지고 호수로 갔어요.

농부는 흐뭇하게 그 모습을 바라보다가 슬며시 잠이 들었답니다.

얼마나 잤을까 잠에서 깬 농부는 호수에서 배를 타고 놀고 있을 아들을 떠올렸어요.

그때, 갑자기 잊고 있던 사실이 기억났어요.

"헉……. 배에 구멍이 나 있었지! 고치는 것을 깜빡했어!"

농부는 아들을 걱정하며 호숫가로 뛰어갔어요.

그런데 저 멀리에서 활짝 웃는 얼굴로 걸어오는 아들이 보이지 않겠어요?

농부는 아들의 멀쩡한 모습을 보자 얼싸안았어요.

"아버지 왜 그러세요? 무슨 일 있으세요?"

"내가 배에 구멍이 난 것을 잊고, 너에게 타라고 했구나. 배가 가라앉았을까봐 얼마나 걱정했는지 모른다."

농부와 아들이 서둘러 배를 살펴보니 구멍은 보이지 않았어요.

칠장이가 배를 칠하면서 정성스레 구멍까지 막아 두었기 때문이에요.

다음 날 농부와 아들은 칠장이를 찾아갔어요.

"자네 덕분에 내 아들이 살았구먼. 정말 고맙네."

"저는 그저 제 할 일을 한 것뿐입니다."

오히려 칠장이는 아무것도 아니라는 듯 웃으며 자신의 일에 다시 열중했습니다.

무엇이든 정성을 다하는 어린이가 되어 볼까요?

며칠 전부터 어금니가 시큰거리고 아파요. 그동안 이를 제대로 닦지 않아서 그런가 봐요. 이를 닦을 때 닦는 시늉만 하고 입을 헹궜거든요. 어떤 날은 이를 안 닦고 그냥 자기도 하고요.

이는 하루에 세 번 삼 분 동안 위아래로 정성껏 닦아야 한다는데, 귀찮아서 대충 했더니 이가 썩고 만 거예요.

이야기에서 칠장이는 배를 열심히 칠했어요. 그리고 농부가 부탁하지도 않은 구멍까지 메워 주었지요. 칠장이의 이런 정성 덕분에 농부의 아들은 목숨을 구할 수 있었어요. 참 다행이지요.

이렇듯 아주 작은 일이라도 정성을 다하는 습관을 들여 보면 어떨까요?

아들의 교육을 위해 정성을 다한 맹자의 어머니

동양 최고의 철학자로 꼽히는 맹자는 중국 전국 시대에 태어났어요.

맹자의 아버지는 일찍이 세상을 떠나고, 어머니 홀로 외아들을 키웠습니다.

맹자가 태어나서 자란 곳은 공동묘지 근처였어요.

그래서일까요? 어느 날 어린 맹자가 "아이고! 아이고!" 하며 장례 치르는 사람들의 곡소리를 똑같이 따라 하는 게 아니겠어요?

그 모습을 보고 놀란 맹자의 어머니는 당장 이사를 갔지요.

맹자의 어머니는 아들의 교육에 관심이 아주 많았어요. 어릴 때일수록 좋은 것들을 많이 보고 커야 한다고 생각했답니다.

그런데 이번에 이사 간 곳은 시장 근처였고, 맹자는 장사꾼 흉내를 내며 놀았어요.

결국 맹자의 어머니는 아들을 데리고 글방(한문을 가르치던 곳) 근처로 이사를 갔어요.

그곳에서 맹자는 절하는 법, 인사하는 법 등을 배우고 친구에게 양보하고 배려하는 마음가짐을 익히기 시작했어요.

남편도 없는 홀몸으로 이곳저곳 이사를 다니는 일은 무척 힘들었어요. 하지만 아들을 올바르게 키우기 위해서라면, 못할 일이 없었지요.

이러한 어머니의 정성 덕분에, 맹자는 예의 바르고 똑똑한 아이로 자라났어요. 그리고 중국을 넘어 동양을 대표하는 학자로 성장했답니다.

에필로그

"밥이 너무 많아. 조금만 줘!
하루에 세 번이나 밥을 먹는 건 별로야.
피자나 빵만 먹고 살았으면 좋겠어."

그런데 말이야. 네가 남긴 밥, 바닥에 떨어진 밥알이
어떻게 만들어졌는지 알아?

쌀 한 톨 한 톨은
농부가 일 년 내내
땀을 흘리며 정성껏 노력한 결과물이야.

그러니까 남기지 말고
밥 한 그릇 뚝딱 먹도록 하자!

정의

네가 추구해야 할 것은 정의,
오직 정의뿐이다.

솔로몬의 정의로운 판결

이스라엘 왕국의 세 번째 왕인 솔로몬은 정의롭기로 유명했어요.

그래서 매일 많은 백성이 솔로몬 왕을 찾아왔지요.

억울한 일을 당한 이들은 물론, 솔로몬 왕이 얼마나 정의로운지 두 눈으로 보고 싶은 사람들도 많았답니다.

그런데 오늘은 누가 봐도 판결을 내리기 어려운 사건이었어요.

"이 아기는 내가 낳은 아기라고요!"

"거짓말! 내 아기라는 걸 하늘에 맹세할 수 있어요!"

두 여인이 한 아기를 놓고 서로 자신이 엄마라고 싸웠거든요.

"내가 보기엔 둘 다 아이 엄마처럼 보이는데?"

"흠, 아기가 말을 하지 못하니 엄마가 누구냐고 물을 수도 없고……."

사람들은 솔로몬 왕이 어떤 판결을 내릴지 잔뜩 기대했어요. 솔로몬 왕은 두 여인에게 어찌 된 일인지 사정을 말해 보라고 했지요.

먼저 첫 번째 여인이 눈물을 흘리며 말했어요.

"잠깐 잠이 들었는데, 깨어나니 아기가 없었어요. 놀라서 거리로 나와 보니 저 여인이 내 아기를 안고 있는 거예요."

그러자 두 번째 여인이 억울하다는 표정으로 대답했어요.

"그럼 내가 당신 집에 들어가서 아기를 훔치기라도 했다는 거예요? 이 아기는 틀림없는 내 아기예요."

두 여인은 아기를 서로 안으려고 싸웠어요.

이 모습을 지켜보던 솔로몬 왕은 수염을 쓰다듬으며 잠시 고민했어요.

둘 중에 한 명은 거짓말을 하고 있는 게 분명했어요. 솔로몬 왕은 결심한 듯 말했지요.

"칼로 저 아기를 반으로 나눠라."

사람들은 잘못 들은 것이 아닌가 귀를 의심했어요.

칼을 든 병사도 명령을 따라야 할지 쭈뼛거리며 서 있었습니다.

"두 사람 모두가 진짜 엄마라고 주장하니 별수 없구나. 공평하게 아기를 반으로 나누어 주는 수밖에."

솔로몬 왕이 고개를 끄덕이자, 병사가 칼을 들고 아기에게 다가갔어요.

그 순간, 첫 번째 여인이 아기를 꼭 안으며 외쳤어요.

"아기를 칼로 나누다니 말도 안 돼요. 제가 아기를 포기하겠습니다. 제가 죄인이니, 저를 죽여 주십시오."

여인이 애달프게 울면서 솔로몬 왕에게 고했어요. 그러자 두 번째 여인은 이제 아기가 자신의 차지라는 듯 어깨를 으쓱했지요.

"당장 저 여인을 감옥에 가두라. 아기를 훔친 못된 죄인이구나!"

솔로몬 왕이 두 번째 여인을 가리키며 커다란 목소리로 외쳤어요.

"어느 엄마가 자신의 아기가 칼로 나누어지는 것을 지켜보고만 있겠느냐. 죄인이 될 것을 알면서도 자식을 구하기 위해 아기를 포기한 여인이 진짜 엄마다."

솔로몬 왕이 첫 번째 여인에게 아기를 안겨 주며 말했어요.

그제야 사람들은 솔로몬 왕의 정의로운 판결에 감탄하며 손뼉을 쳤답니다.

불의를 참지 못하는 나는 정의로운 어린이!

악당을 물리치는 영웅의 이야기를 보면 나도 모르게 가슴이 두근거리고 감동을 받아요. 그래서 나도 정의로운 사람이 되겠다고 결심하게 되지요.

정의로운 사람은 어른만이 될 수 있는 게 아니에요. 나이가 어리고 힘이 약하지만, 어린이도 충분히 정의로울 수 있어요.

먼저, 생활의 작은 일에서부터 정의감을 발휘해 보세요. 힘이 없고 약한 친구가 괴롭힘을 당하고 있는 걸 봤을 때 모른 체하지 말고 도와주세요. 모른 척 그냥 지나친다면 정의로운 어린이라고 할 수 없겠죠?

정의를 위해 펜을 든 신문왕 퓰리처

헝가리에서 태어난 퓰리처는 열일곱 살 때, 일거리를 찾아 맨몸으로 미국에 왔습니다.

퓰리처는 영어가 서툴렀지만 누구보다 열심히 일했지요.

하지만 사탕수수 농장에서 일하게 해 준다는 사기꾼에게 속아서 그동안 모았던 돈을 모두 날리고 말았답니다. 피해자들의 대부분은 퓰리처처럼 외국에서 온 가난한 노동자들이었어요.

화가 난 퓰리처는 더 이상 자신과 같은 피해자가 생기지 않도록 독일어 신문인 〈베스틀리헤 포스트〉에 기사를 썼어요. 퓰리처의 기사를 읽은 사람들은 외국인 노동자가 얼마나 힘들게 일하는지 알게 되었습니다.

이후, 퓰리처의 인생은 달라졌어요. 가난하고 힘없는 사람들을 위해 발로 뛰는 기자가 된 것이에요.

그는 아무리 높은 정치인이든 돈이 많은 부자든 두려워하지 않고, 정의롭지 못한 일이 있으면 기사로 썼어요.

그 때문에 수많은 협박에 시달리게 되었지만, 퓰리처는 멈추지 않았답니다. 어떠한 상황에서도 기자는 정의로워야 한다는 게 그의 생각이었거든요.

퓰리처는 어느새 '신문왕'이라는 별명까지 얻으며, 미국 최고의 신문사로 꼽히는 〈뉴욕월드〉를 이끌게 되었어요.

퓰리처가 죽은 뒤에 그의 이름을 따서 '퓰리처상'이 만들어졌어요. 이 상은 언론을 비롯해 문학과 음악 분야에서도 권위를 인정받고 있답니다.

에필로그

정의를 위해 홀로 싸우다 보면
가끔은 외로워질 때가 있어.

그렇다고 절대 지치면 안 돼.
아직도 많은 사람들이
정의를 위해 싸우는 당신을 잊지 않고
기다리고 있으니까.

정직

당신이 가장 믿을 만한 친구는
거울 속에 있다.

야자열매를 따는 학자

옛날 어느 마을에 야자열매를 팔아서 먹고사는 학자가 있었어요.

학자는 매일 아침마다 야자열매를 따서 시장으로 갔지요.

그런데 시장이 얼마나 먼지, 다녀오면 저녁이 다 되었답니다.

"흠, 야자열매를 파느라 책을 읽을 시간이 점점 줄어드는구나."

학자는 오늘 번 돈을 주머니에 넣으며 한숨을 쉬었어요.

나름 유명한 학자인데, 언제부턴가 야자열매를 파는 사람이 되어 버린 것 같았거든요.

"시장까지 바람처럼 날아갔다 오면 참 좋으련만……."

그때 학자의 머릿속에 튼튼한 낙타 한 마리가 떠올랐어요.

"그래 맞아. 낙타만 있으면 야자열매를 싣고 훨씬 빨리 시장에 다녀올 수 있을 거야!"

학자는 주머니를 열어서 돈이 얼마나 모였는지 세어 보았어요.

모르긴 몰라도 낙타 한 마리는 충분히 살 수 있을 것 같았습니다.

“내일 당장 시장에 가서 낙타를 사자!”

다음 날 학자는 시장으로 향했어요.

그리고 마음에 꼭 드는 낙타 한 마리를 만났답니다.

“이 낙타를 사고 싶은데, 얼마나 합니까?”

“첫 손님이니 싸게 드리지요. 안장은 특별히 공짜로 드리겠습니다.”

학자는 안장을 얹는 상인에게 돈을 더 내밀며 말했어요.

“여기 안장값을 드리지요. 그냥은 못 받습니다.”

“허허, 이렇게 정직한 양반을 보았나. 알았소이다!”

상인은 고개를 절레절레 흔들며 돈을 받았어요.

낙타에 올라탄 학자는 상인에게 감사의 인사를 건네고 집으로 돌아왔어요.

어찌나 낙타가 빠른지, 학자는 마치 하늘을 나는 기분이었답니다.

“새집에 왔으니 시원하게 목욕을 시켜 주마.”

학자는 낙타를 우물가로 데려와서 안장을 내렸어요. 그런데 안장에 달린 주머니에서 무언가 반짝이는 것이 툭 떨어지는 거예요.

"이게 뭐지?"

학자가 허리를 굽혀 주운 것은 바로 다이아몬드였어요.

"이렇게 귀하고 비싼 물건이 왜 여기에 들어 있는 거지?"

학자는 어안이 벙벙해서 자신도 모르게 낙타에게 물었어요.

하지만 낙타는 다이아몬드에 코를 대고 킁킁거릴 뿐이었답니다.

학자는 서둘러 다이아몬드를 가지고 시장으로 갔어요.

다시 만난 낙타 상인은 학자가 내미는 다이아몬드를 보고 화들짝 놀랐지요.

"제 물건은 아니니 선생님께서 가지십시오. 횡재하셨습니다요."

그러자 학자가 진지한 표정으로 대답했어요.

"하지만 저는 이 다이아몬드의 값을 낸 적이 없습니다. 가질 수 없어요."

"허허, 이거 참. 그럼 하는 수 없이 제가 받아 두겠습니다."

상인은 돌아서서 떠나는 학자의 뒷모습을 보며

그 정직함에 감탄하고 또 감탄했답니다.

다이아몬드보다 더 아름답고 단단한 것은 뭘까요?

세상에서 가장 단단한 돌이 뭔지 아나요? 바로 다이아몬드예요. 아주 비싼 보석으로 알려져 있는데, 그 아름다움만큼이나 단단함을 자랑한답니다.

사람의 마음도 다이아몬드처럼 아름답고 굳건할 수 있을까요?

매일 야자열매를 팔아서 사는 가난한 학자는 낙타를 사서 아낀 시간으로 책을 읽고 싶어 했어요. 그런 그에게 뜻밖의 다이아몬드가 생겼지요. 보통 사람이라면 다이아몬드를 팔아서 부자가 될 게 분명해요. 하지만 정직한 학자는 그러지 않았어요.

땀 흘려 노력해 돈을 벌고, 그 돈으로 정당하게 값을 치른 것만 가져야 한다고 생각했지요. 학자의 행동이 당연한 듯 보이지만 실제로 행하기란 쉽지 않답니다.

가끔 툭 하고 나타난 다이아몬드처럼 우리의 마음을 시험하는 것들이 있어요. 그럴 땐 다이아몬드를 돌려준 학자를 떠올리며 정직하게 행동해 보세요.

옷감이 모자란다고?

어느 날 부자는 친구에게 아름답고 부드러운 옷감을 선물로 받았어요.

"오호, 이렇게 좋은 옷감을! 이걸로 무슨 옷을 해 입을까?"

부자는 한참을 고민하다가 멋진 양복을 만들기로 했어요.

그래서 다음 날 마을에 있는 양복점을 찾아갔습니다. 양복점 주인은 부자의 옷감을 보더니 호들갑을 떨면서 말했어요.

"이렇게 좋은 옷감은 처음 봅니다. 최대한 빨리 양복을 만들어 드리지요."

"하하, 그럼 오늘 치수까지 재고 가야겠군!"

주인이 줄자를 가져와서 부자의 몸 여기저기를 쟀어요. 그런데 옷감을 쭉 펼쳐 보더니 갑자기 한숨을 푹 쉬는 거예요.

"엥? 무슨 문제라도 있는가?"

"그게…… 옷감이 좀 모자라는데요? 이거 참, 곤란하네요."

"그럴 리가! 친구가 선물을 보내며 양복 한 벌은 충분히 해 입고도 남을 거라고 했네!"

"여하튼 제 눈에는 부족합니다. 더 드릴 말씀이 없네요."

부자는 주인이 자신을 속이는 것 같아 화가 나서 양복점을 나왔어요.

그때 길 건너편에 새로 생긴 양복점이 눈에 들어왔답니다.

부자는 곧바로 새 가게로 들어가서 양복을 지어 달라고 했어요.

두 번째 주인 역시 부자의 치수를 꼼꼼히 재더니 옷감을 펼쳐 보았습니다.

"옷감은 충분합니다. 일주일이면 완성할 수 있어요."

부자는 만족스러운 미소를 지으며 돈을 내고 집으로 돌아갔어요.

그렇게 일주일이 지났어요. 부자는 설레는 마음으로 새 양복을 찾으러 갔답니다.

"훌륭해, 완벽한 양복이야. 정말 마음에 드네!"

부자는 새 양복을 입고 기분 좋게 친구를 만나러 갔어요.

한참이 지나서 친구와 헤어지고 집으로 돌아가는데, 길에 있던 꼬마가 눈에 들어왔어요.

"어라? 저 녀석이 입고 있는 옷이 내 옷감과 똑같잖아?"

알고 보니 그 꼬마는 두 번째 양복점의 아들이었어요.

부자의 양복을 만들고 남은 옷감으로 자신의 아들 옷을 만든 거였어요.

"어떻게 그럴 수가 있나! 나를 속였구먼!"

부자가 두 번째 양복점에 가서 화를 내고 나오는데, 처음에 갔던 양복점 주인이랑 눈이 마주쳤어요.

"이 집 주인은 내 양복을 만들고도 아들 옷까지 몰래 지었는데, 자네는 왜 옷감이 모자란다고 한 건가?"

그러자 주인이 헛기침을 하더니 어쩔 수 없다는 듯 대답했어요.

"저 집엔 아들이 하나이지만, 우리 집에는 아들이 둘이거든요. 그러니 옷감이 모자라지요."

부자는 두 양복점 주인의 뻔뻔함에 기가 막혀서 말을 잇지 못했습니다.

거짓 없이 당당하고 정직하게 살아요

엄마에게 혼이 날까 봐, 나도 모르게 거짓말을 한 적이 있나요? 혹시 들킬까 봐 심장이 막 두근거렸을 거예요. 그런데 엄마가 눈치채지 못했다고, 끝난 게 아니에요. 나 자신만큼은 거짓말한 사실을 알고 있으니까요. 그래서 마음이 무겁고 심장이 두근거리는 거였어요.

그런데 어떤 사람은 거짓말을 하도 많이 해서 더 이상 심장이 두근거리지도 않는대요. 얼굴색도 바뀌지 않는 거짓말쟁이가 되어 버린 거지요. 이야기 속의 양복점 주인들처럼 말이에요. 부자는 새 양복을 맞추면서 그 값을 정직하게 냈어요. 그런데 주인은 부자의 남은 옷감으로 아들 옷을 만들어 주었네요. 남은 옷감은 다시 부자에게 돌려주는 게 정직한 행동이지요.

누구에게 보여 주기 위한 것이 아닌, 스스로의 양심을 지키는 게 중요하답니다. 가만히 귀 기울여 심장 소리를 들어 보세요. 그 소리가 정직한 행동인지 아닌지를 판단해 줄 거예요.

관복 한 벌에 담긴 정직

예부터 재물에 욕심이 없고 정직한 관리를 가리켜 '청백리(淸白吏)'라고 불렀어요.

조선 시대의 가장 유명한 청백리로는 황희 정승을 꼽을 수 있어요. 높은 관직에 올랐어도 비가 새는 집에서 살았을 정도이니까요. 그리고 다른 관리들과 달리 관복도 단 한 벌뿐이었어요.

어느 날 밤 임금이 급히 황희 정승과 다른 관리들을 불러 모았어요.

한겨울이었는데, 마침 황희 정승의 부인이 관복의 솜을 떼어서 빨았기 때문에 당장 입을 것이 없었어요. 그래서 다른 바지와 저고리에 있던 솜을 급하게 떼서 관복 안에 넣었답니다.

그렇게 황희 정승은 궁궐로 들어갔어요.

한참을 이야기 나누던 임금이 황희 정승을 따로 불러서 물었어요.

"청백리로 유명한 그대가 어찌 비싼 양털 옷을 입은 건지 궁금하군."

임금의 눈에는 관복 밖으로 튀어나온 솜이 양털처럼 보였던 거예요. 그래서 황희 정승이 사치를 부린다고 생각했지요.

“전하, 이것은 양털이 아니옵고 사실은…….”

황희 정승은 한 벌밖에 없는 관복을 빨았다는 이야기를 털어놓았어요.

그 이야기를 들은 임금은 크게 감동을 받아 좋은 비단을 선물로 내렸어요.

하지만 황희 정승은 가난한 백성을 생각하며 그 선물을 받지 않았답니다.

에필로그

정직하지 못한 일을 저지르고도
"난 아니야. 안 그랬어." 하고
뻔뻔하게 오리발을 내미는 사람들이 있어.

하지만 잘못한 것이 있다면,
언젠가 꼭 죗값을 치르게 되어 있지.

자신의 잘못을
솔직하게 털어놓을 줄 아는 정직한 사람이
되어 보는 건 어때?

스스로에게 떳떳한
사람이 되는 거야.

조화

지성만으로 사람들로부터
존경받고자 하는 것은
마치 사막에서 물고기를
잡으려고 하는 것과 같다.
현명한 사람은 모든 사람들로부터
배우는 사람이다.

학자가 눈물을 흘린 이유

온 나라가 존경하는 유명한 학자가 있었습니다.

학자는 산속 깊은 곳에 홀로 살았는데, 많은 제자들이 그를 찾아오기 시작했어요.

학자는 제자들을 가르치며 세상으로 돌아가지 않았습니다.

"어제는 스승님과 길을 가는데 개미를 밟지 않으려고 조심하시더라."

"헉, 그렇게까지 하셨어? 난 스승님의 깊은 뜻을 따라가려면 아직 멀었어."

제자들은 학자를 닮고 싶어서 온 마음을 다해 따랐어요.

세월이 흘러서 까맣던 학자의 머리와 수염이 하얗게 세었어요.

곧게 서 있던 허리도 구부러지고, 병이 들어서 누워 있는 시간이 더 많아졌답니다.

하지만 학자는 불편한 몸을 이끌고 열심히 제자들을 가르쳤어요.

제자들은 자신의 부모님을 보살피듯, 나이가 들고 병든 학자를 받들었어요.

그러던 어느 날 모두가 걱정했던 대로 학자가 쓰러지고 말았습니다.

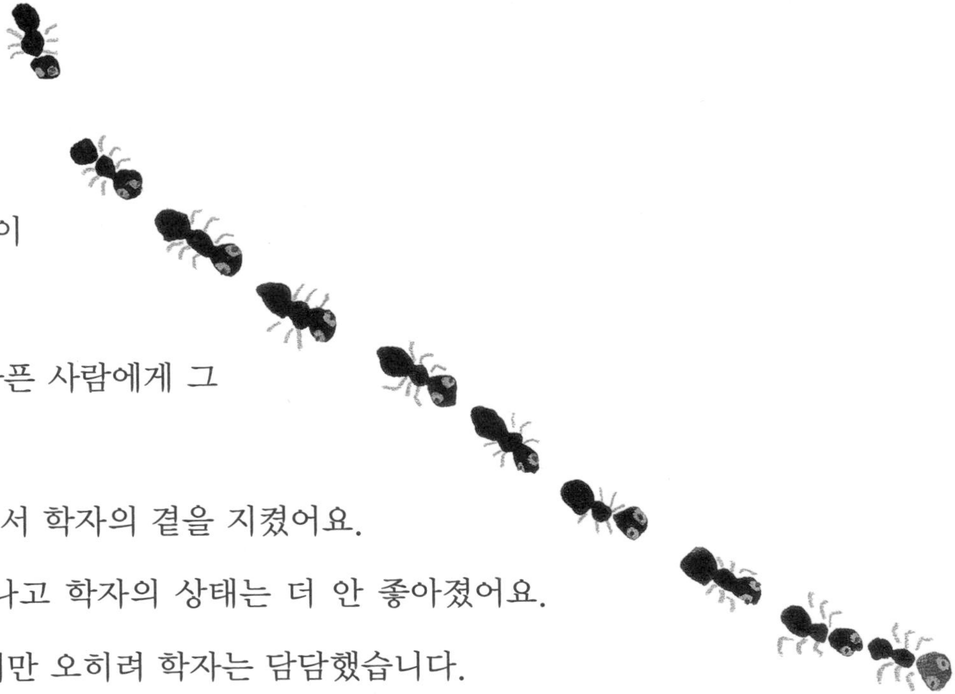

"스승님, 일어나셔서 이 약을 드셔 보세요."

"아니다. 나보다 더 아픈 사람에게 그 약을 전해 주거라."

제자들은 슬픔에 빠져서 학자의 곁을 지켰어요.

그렇게 며칠 밤이 지나고 학자의 상태는 더 안 좋아졌어요. 제자들은 크게 걱정했지만 오히려 학자는 담담했습니다.

"오늘이 이 세상에서의 마지막 날이 될 것 같구나."

죽음을 예감한 학자가 미소를 지으며 말했어요.

그런데 말을 마친 학자의 눈가에서 눈물이 주르륵 흘러내렸답니다.

그동안 학자가 한 번도 약한 모습을 보인 적이 없었기에 제자들은 모두 놀랐어요.

"스승님, 저희들이 곁에 있습니다. 희망을 잃지 마십시오."

몇몇 제자들이 학자를 따라 울면서 외쳤어요. 그러자 학자가 한숨을 쉬며 대답했어요.

“아……. 내 삶이 너무 후회스럽구나.”

“온 나라 백성이 스승님을 존경하고, 저희 제자들은 스승님의 그림자라도 닮고 싶어 하는데 후회라니 무슨 말씀이십니까?”

학자는 혼란스러워하는 제자들의 얼굴을 보며 눈물을 더 쏟았어요.

“죽음이 가까이 왔음을 깨닫고, 스스로에게 물어보았느니라.”

학자가 눈물을 닦고 목소리를 가다듬으며 말을 이었어요.

“열심히 공부하고 자비를 베풀었는가? 행동을 올바르게 하고 나 자신에게 떳떳했는가? 그 물음에 나는 ‘그렇다.’라고 말할 수 있었다.”

귀를 기울여 이야기를 듣던 제자들이 고개를 끄덕였어요.

“하지만 ‘세상 사람들과 조화를 이루며 평범하게 살아 보았는가?’라는 질문에는 ‘아니다.’라고 대답할 수밖에 없구나. 너희들은 나처럼 세상과 멀어져서 책만 읽지 말고, 세상으로 내려가 사람들과 조화를 이루며 살도록 해라.”

그날 밤 학자가 숨을 거두자 그의 유언에 따라 제자들은 산을 내려갔어요.

그리고 백성의 곁으로 가서 학자의 높은 가르침을 나누며 조화롭게 살았답니다.

외톨이 말고 함께 어울리며 조화롭게 살아요

운동장에서 친구들과 축구 경기를 할 때, 각자의 역할이 있어요. 어떤 친구는 맨 앞에서 공을 몰고서 공격을 하고, 어떤 친구는 뒤에서 골대를 지켜요. 중간에서 열심히 공을 가로채서 패스를 하는 친구도 있고요. 누구 하나 빠지면 안 되기 때문에 서로를 배려하면서 조화를 이루어야 해요. 그래야만 완벽한 협동이 이루어지고, 승리할 수 있지요.

아무리 뛰어난 사람이라도 혼자 세상을 살아갈 수는 없답니다. 이야기 속 학자는 세상에 대해 공부했어요. 하지만 정작 세상 사람들과 조화를 이루며 살지 못했지요. 죽음을 앞두고서야 이를 깨달은 학자는 눈물로 후회했어요. 우리는 나중에 후회하는 일이 없도록 모두와 조화롭게 어울리기 위해 노력해요.

자연과 조화를 이루며 산 니어링 부부

제1차 세계 대전이 끝나자 전 세계는 대공황에 빠졌어요. 돈이 휴지 조각처럼 가치를 잃고 경제적으로 모두 어려움을 겪었답니다.

몇몇 나라들이 정의와 평화를 위해 전쟁을 일으켰다고 말했지만, 경제학자였던 스콧 니어링은 전쟁이 일어난 진짜 이유가 따로 있다고 주장했어요. 숨겨진 이유는 돈이라는 것이었죠. 또한 그는 부자들만 잘살고 더 많은 기회를 얻는 것이 잘못되었다고 생각했답니다. 기회와 돈은 모든 사람들에 똑같이 돌아가야 한다고 주장했어요.

스콧은 자신의 생각을 알리려고 정치 활동을 했어요. 하지만 그 일이 뜻대로 되지 않게 되자, 아내인 헬렌과 함께 도시의 삶을 접고 시골로 가 자리를 잡았답니다.

니어링 부부는 미국 버몬트의 조그만 오두막에서 20여 년을 살았습니다.

그들은 전쟁을 일으키고 사람들을 가난하게 하며 자연을 파괴하는 문명 사회가 인간과 자연의 조화를 깨뜨린다고 생각했어요.

그래서 문명 사회를 등지고 자연으로 돌아가 자연과 조화롭게 어울려 살기 시작했답니다. 그들의 이러한 철학을 담은 책 『조화로운 삶』은 지금도 많은 독자들에게 읽히고 있습니다.

에필로그

같은 팀의 팀원끼리는
굳이 똑같은 힘과 머리와 능력을
가질 필요가 없어.

서로 다른 능력을 가진 사람들이
하나로 힘을 모으는 것이 중요하지.

그것이 완벽한 조화가 아닐까?

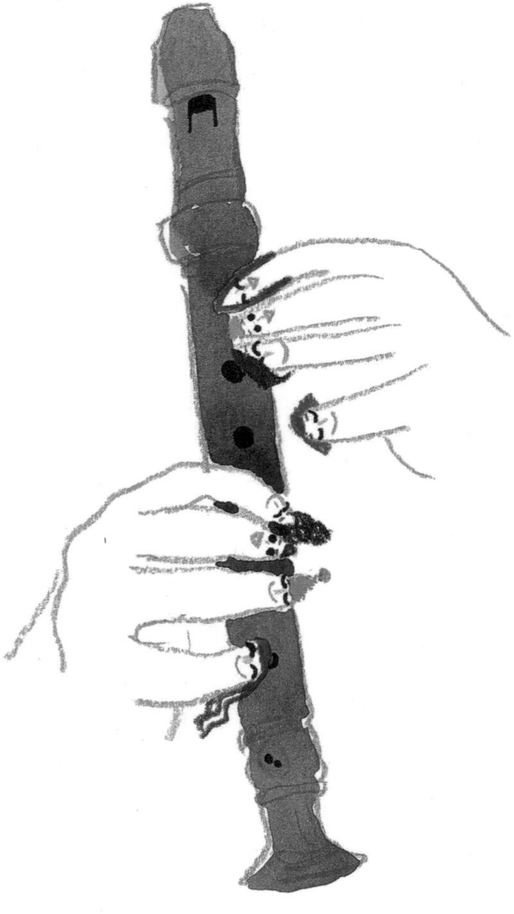

존중

진정한 미덕은
남들보다 높아지려고 하는
사람에게는 머물지 않으며,
겸손하고 낮아지려는 사람에게 머문다.

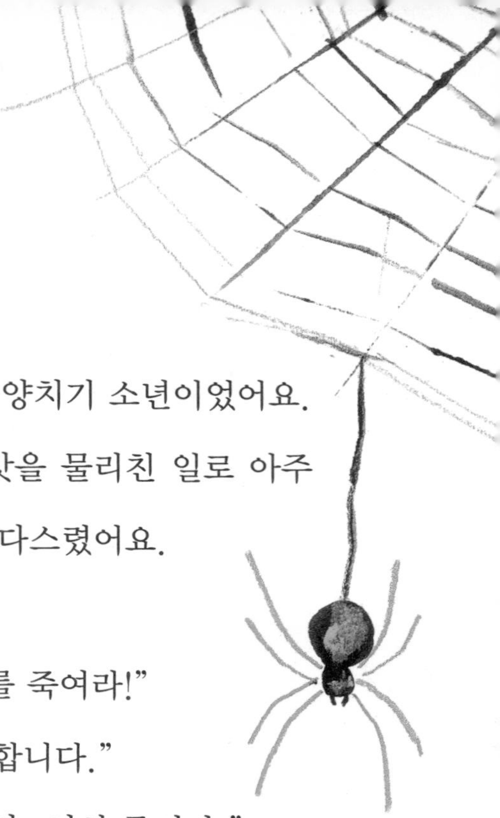

거미를 싫어한 다윗 왕

이스라엘의 두 번째 왕이 된 다윗은 어렸을 때 평범한 양치기 소년이었어요.

양치기 소년 다윗은 이스라엘에 쳐들어온 거인 골리앗을 물리친 일로 아주 유명해졌답니다. 그 뒤 왕위에 올라서 왕국을 평화롭게 다스렸어요.

하지만 다윗 왕에게는 이상한 버릇이 있었어요.

“저기, 저기! 천장에 거미줄이 보이는구나. 얼른 거미를 죽여라!”

“임금님, 거미도 살아 있는 생명인데 죽이려니까 불쌍합니다.”

“아무 데나 거미줄을 치는 거미는 아주 더러운 동물이야. 어서 죽여라.”

다윗 왕은 거미를 매우 싫어했어요. 그런데 사실 거미는 해로운 곤충을 잡아먹는 고마운 동물이에요. 그래서 사람들은 거미를 잘 죽이지 않는답니다.

하지만 신하들은 다윗 왕의 명령을 어길 수 없어 거미를 죽였어요.

그렇게 몇 년이 흘러 다윗 왕이 전쟁터로 나갔어요.

“임금님, 큰일 났습니다. 적들의 수가 너무 많아서 도망쳐야 합니다.”

“뭐, 뭐라고? 제대로 싸워 보지도 않고 도망이라니!”

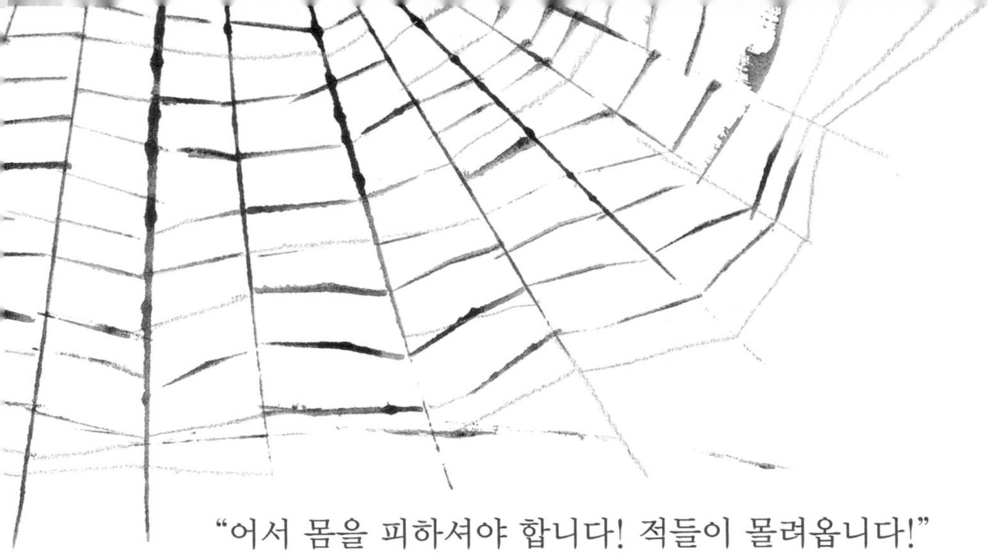

“어서 몸을 피하셔야 합니다! 적들이 몰려옵니다!”

다윗 왕은 예기치 못하게 급히 도망을 쳤어요.

“임금님, 저기에 동굴이 하나 있습니다. 어서 들어가시지요.”

다윗 왕은 고민할 사이도 없이 동굴로 들어갔어요.

다윗 왕과 병사들은 적에게 들키지 않게 입구를 나뭇가지로 가려 두었습니다.

“임금님, 오늘 밤은 여기서 보내는 게 좋겠습니다.”

“으, 아침이 밝으면 다시 병사들을 모아서 싸우고 말겠다!”

다윗 왕은 적들에 쫓겨 동굴에 머물게 된 것이 분했어요.

서서히 날이 밝아 오자, 동굴 틈새로 빛이 새어 들어왔지요.

다윗 왕은 한숨도 자지 않고, 밖에서 들려오는 소리에 귀를 기울였어요.

“도대체 다윗 왕은 어디로 사라졌단 말이냐!”

그때 누군가가 나뭇가지로 가려 두었던 동굴 입구를 발견하고 큰 소리로 외쳤어요.

"여기 동굴이 있다. 다윗 왕이 여기 숨어 있을지도 모른다!"

다윗 왕과 병사들은 모두 마른침을 꼴깍 삼키며 칼을 잡았어요.

숨어 있는 것을 들키면, 꼼짝없이 죽을 운명이었지요.

"횃불을 가져와라. 동굴 안이 어두워서 잘 보이지 않는다!"

적들의 발소리가 점점 가까이 들리자, 칼을 든 다윗 왕과 병사들의 손이 덜덜 떨렸어요.

그때였어요. 동굴 이곳저곳을 둘러보던 적들의 그림자가 멈춰 섰어요.

"이 동굴은 여기저기 거미줄 천지구나. 다윗 왕은 거미를 몹시 싫어한다고 들었다."

"맞아. 아무리 급해도 다윗 왕이 이 동굴에 숨었을 리 없어."

적들은 동굴의 거미줄을 보더니 동굴 밖으로 나갔어요.

다윗 왕은 동굴 천장에 가득한 거미줄을 보며 그제야 안도의 한숨을 내쉬며 말했지요.

"쓸모없고, 더럽다고 생각했던 거미가 내 목숨을 살려 주다니……. 이제 거미를 함부로 죽이지 말고, 존중해 주어야겠다."

지렁이 한 마리도 존중하는 마음을 가져 볼까요?

비가 오면 꿈틀거리며 기어 나오는 지렁이를 본 적이 있나요? 생각만 해도 징그럽다고요? 그런데 사실 지렁이는 이로운 동물이에요. 지렁이는 여기저기 땅을 들쑤시고 다니며 흙에 공기가 잘 통하게 해요. 이 덕분에 식물의 뿌리는 더 쉽게 호흡할 수 있지요. 또 지렁이가 싼 똥은 거름이 돼, 땅을 기름지게 만들어요. 그래서 지렁이가 많은 땅은 건강하고, 농사짓기에 좋지요.

이야기 속 다윗 왕은 거미가 더럽고 보기가 싫다고 모두 없애라고 명령을 했어요. 그런데 도리어 거미 덕분에 전쟁에서 목숨을 구하게 되네요.

세상에 살아 있는 모든 것들에게는 존재의 이유가 있어요. 그 어떤 생명도 하찮은 것은 없지요. 모두가 함께 살아가고, 알게 모르게 도움을 주고받는다는 사실을 꼭 기억하세요.

사자 젖을 구한 청년

옛날 어느 평화로웠던 왕국에 큰 걱정거리가 생겼어요.

"온몸에 힘이 없고 숨도 쉬기 어렵구나. 의원을 불러라."

건강하던 임금님이 갑자기 병에 걸려 일어나지 못했어요.

왕국에서 용하다는 의원들이 궁전으로 모였지만, 모두 고개를 절레절레 저었답니다.

"임금님, 이 병에는 딱 한 가지 약밖에 없습니다……."

"그게 무엇이냐? 당장 말해 보라."

"그, 그것이…… 사자의 젖을 드셔야 합니다."

의원들의 말을 듣자 임금님은 당장 명령을 내렸어요.

"사자의 젖을 가져오는 자에게 황금을 내리겠다!"

임금님의 명이 왕국 전체로 퍼져 나갔어요. 그때 용감한 청년 하나가 나섰습니다.

"제가 사자의 젖을 구해 오고 말겠습니다!"

청년은 황금을 받아서 아픈 어머니의 약을 사 드릴 생각이었어요.

'좋은 방법이 없을까? 사냥을 해 본 적이 없는데 큰일이군.'

청년이 숲길로 들어서자 벼랑 끝에서 울음소리가 들렸어요.

달려가 보니 아기 사자 한 마리가 벼랑에 매달려서 애타게 울고 있는 게 아니겠어요?

"가여운 녀석, 내가 구해 줄게. 내 손을 잡고 올라오렴."

청년은 온 힘을 다해 아기 사자를 구해 주었습니다.

아기 사자는 어미 사자에게 달려가 청년이 살려 준 이야기를 전했어요.

어미 사자는 고마운 마음에 청년에게 젖을 짜 주었답니다.

이렇게 사자의 젖을 얻은 청년은 나무 그늘에 기대어 잠깐 잠이 들었어요.

그사이 청년의 손과 발, 심장과 눈이 다투기 시작했지요.

"이 눈이 먼저 임금님의 명령이 적힌 글을 읽었으니 고마운 줄 알아라."

"만약 발이 없었다면, 어떻게 절벽으로 달려가서 아기 사자를 구했겠어?"

"손이 있어서 사자의 젖을 받았으니 내가 가장 중요한 역할을 한 거 아냐?"

"심장인 내가 버텨 내지 못했다면, 어미 사자 앞에서 기절했을걸?"

다들 자기 덕분이라고 우기는데, 혀는 아무 말도 하지 않았어요.

"어쨌든 혀보다는 우리가 잘난 거네. 하하하!"

"그렇구나. 혀는 그냥 입 속에 가만히 있어라!"

그때 청년이 잠에서 깨어나 슬며시 눈을 뜨자 다들 조용해졌어요.

청년은 사자의 젖을 들고 궁전으로 달려가 외쳤어요.

"임금님! 제가 개의 젖을 구해 왔습니다!"

'내가 왜 이러지? 도대체 무슨 말을 한 거야?'

청년이 다시 외쳤어요.

"제가 가져온 개의 젖을 어서 드십시오!"

청년은 무슨 까닭인지 몰라서 얼굴이 빨개졌어요.

"저자가 감히 나에게 개의 젖을 주다니! 당장 감옥에 가둬라!"

임금님이 화가 나서 외쳤어요. 그러자 청년의 심장은 콩닥콩닥 뛰고, 손과 발은 부르르 떨리고, 눈앞은 까매졌어요.

"우리가 아까 한 말 때문에 혀가 화가 났나 봐."

"혀야, 미안해. 앞으로는 너를 존중해 줄게. 제발 화 풀어."

혀는 손과 발, 심장과 눈의 사과를 받고서야 마음이 풀렸어요.

"임금님, 사자의 젖이 맞습니다. 제가 너무 긴장해서 말을 잘못했습니다."

이번에는 청년의 혀가 제대로 말을 했고, 임금님은 뛸 듯이 기뻐했어요.

임금님은 청년에게 커다란 황금을 상으로 내렸어요.

그리고 사자의 젖을 먹고 씻은 듯 병이 나았답니다.

내가 상대를 존중하면 상대도 나를 존중해 줘요

이야기 속 청년이 무사히 사자의 젖을 구할 수 있었던 것은 청년의 온몸이 제 역할을 다했기 때문이에요. 괜히 누구는 못했고 누구는 잘했고, 등수를 매길 필요가 없지요.

상대를 존중하면, 상대도 나를 존중해요. 반대로 내가 상대를 무시하면, 상대의 마음이 상한답니다. 그 상한 마음은 언젠가 나에게 되돌아오기 마련이고요. 그러니까 언제나 다른 사람을 존중하는 마음을 갖도록 해요.

침팬지를 존중한 동물학자, 제인 구달

1960년, 제인 구달이 침팬지를 연구하기 위해 아프리카 탄자니아에 도착했어요. 그녀는 동물학을 공부한 적도, 밀림에서 살아 본 적도 없었습니다.

사람들은 제인이 험한 밀림을 견디지 못하고 금방 돌아갈 거라 생각했어요. 하지만 제인은 인류의 조상이기도 한 침팬지 연구를 위해 인생을 바치기로 결심했답니다.

제인은 실험실에 동물을 가두고 관찰하는 다른 학자들과 달리 직접 밀림으로 들어갔어요. 그리고 가족과 친구들 사이에 있는 침팬지의 자연 그대로의 모습을 지켜보았답니다.

자신들을 한 생명으로서 존중해 주는 제인의 마음이 전해졌는지, 침팬지들은 제인을 적이 아니라 친구로 생각하기 시작했어요. 제인이 곁으로 다가가도 피하지 않고, 나중에는 제인의 털을 골라 주며 애정을 보이기도 했습니다.

이렇게 제인은 사십여 년간 아프리카에 머물며 침팬지가 식물만이 아니라 고기도 먹고, 도구를 이용한다는 새로운 사실을 알아냈어요. 그녀의 연구는 전 세계 학자들을 깜짝 놀라게 했답니다.

침팬지를 존중하고 다가선 제인의 마음이 없었다면 이런 연구 결과는 나올 수 없었을 거예요.

에필로그

만약 세상에 검은 양말만 신어야 한다는 법이 생긴다면?
으~ 상상도 하기 싫어.

줄무늬 양말도, 빨간 양말도,
곰돌이 양말도 존중받는 세상이
우리가 바라는 세상이 아닐까?

지식

살아 있는 사람에게서
빼앗을 수 없는 것은 지식이다.

눈에 보이지 않는 보석

배 한 척이 힘차게 파도를 가로지르며 항해 중이었어요.

날씨가 좋아서 갑판에는 학자와 사람들이 나와 있었습니다.

"바다가 참 푸르고 아름답군. 마치 보석 같아."

깊이를 알 수 없이 짙고 푸른 바다를 보며 학자가 중얼거렸어요.

그러자 옆에 서 있던 남자가 손을 내밀며 물었어요.

"이 사파이어 반지는 어때요? 바다보다 더 푸르고 아름답지 않아요?"

학자가 반지를 보려고 하는데, 누군가 가소롭다는 듯 웃어 댔어요.

"고작 반지 하나를 가지고 자랑은……."

뒤를 돌아보니 황금 목걸이와 귀걸이를 주렁주렁 걸친 부인이 콧방귀를 뀌며 말했어요.

"나에겐 황금이 어마어마하게 많은 광산이 있어요. 이 정도는 되어야죠."

그런데 부인의 말이 끝나자 누군가 어깨를 툭툭 치는 거예요.

"아마도 내가 여러분 중에 가장 부자인 듯한데……."

목소리의 주인공은 커다란 다이아몬드 장신구를 단 노인이었어요.

"난 우리가 타고 있는 것보다 훨씬 큰 배가 스무 척이나 있지."

"그러면 그 배를 타지, 왜 이 배에 타셨나요?"

학자가 어리둥절한 표정으로 묻자, 주름진 노인의 얼굴이 빨개졌어요.

"흠, 내가 그걸 왜 말해 줘야 하지? 보아하니 당신은 가진 것 하나 없어 보이는군!"

노인의 말에 다른 사람들은 학자의 위아래를 훑어보기 시작했어요.

"당신도 우리들처럼 뭔가 자랑할 것이 있나요?"

학자는 낡은 옷을 입었어도 부자들 앞에서 절대 주눅이 들지 않았어요.

오히려 대단한 무언가를 숨겨 둔 사람처럼 여유로운 미소까지 지었답니다.

"그럼요. 저는 여러분의 보석보다 훨씬 값진 것을 가지고 있지요."

"내 보석보다 비싸다고요? 그럼 당장 나에게 파시오."

"하하, 미안하지만 제 보석은 눈에 보이지 않아요."

"뭐라고? 그런 보석이 세상에 어디에 있소? 이 사람 거짓말을 하는군!"

그런데 갑자기 "쿵!" 소리가 나며, 비명이 들리는 게 아니겠어요?

"해적이에요! 해적이 배를 습격했어요!"

부자들이 이 배에 탄 것을 어찌 알았는지, 해적이 나타난 거예요.

해적은 부자들이 가진 보석과 돈을 몽땅 빼앗았답니다.

그래도 다행히 목숨은 살려 줘서 사람들은 가까운 섬에 내릴 수 있었어요.

그 후로 몇 달이 지났어요. 학자는 섬에 있는 학교에서 아이들을 가르치는 일을 했어요. 그의 뛰어난 지식을 알아보고, 섬 사람들이 부탁을 했던 거예요.

덕분에 학자는 돈을 벌 수 있었고, 돈을 모아 고향으로 가는 배에 올랐답니다.

"선생님…… 저희들입니다. 여기를 좀 봐 주세요……."

학자는 누군가 자신을 부르는 소리에 고개를 돌렸어요. 그곳에는 배에 함께 탔던 부자들이 거지가 되어 서 있었습니다.

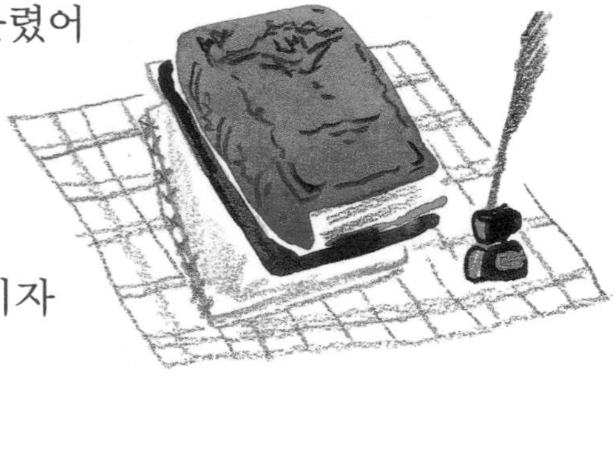

예전에는 부자였지만, 가진 것을 모두 빼앗기자

거지가 되고 만 거예요.

"제 자신이 부끄럽네요. 이제야 선생님의 보석이 무엇인지 알겠어요."

"여러분의 가족에게 소식을 전해 줄 테니 용기를 잃지 마세요."

학자를 태운 배가 떠났어요. 거지가 된 부자들은 그 자리에 하염없이 서서 가족들이 자신을 데리러 오길 기다리고 또 기다렸답니다.

보이지 않아서 더 강력한 지식의 힘

돈이 많으면 원하는 것은 다 살 수 있고, 세상에 부러울 게 없을 것 같지요? 언제부턴가 돈이 최고이고, 전부인 것처럼 생각하는 사람들이 많아졌어요. 하지만 돈을 잘 벌고 또 잘 쓰는 데에도 지식이 필요하다는 사실을 아나요?

해적에게 가진 돈을 모두 빼앗긴 부자들과 학자를 보세요. 아무것도 가진 게 없는 똑같은 상황에 놓인 것 같아도 학자에게는 지식이 남아 있었어요. 돈으로 지식을 살 순 없지만, 지식으로 돈을 벌 수가 있어요. 열심히 공부를 해야 하는 이유, 이제 조금은 알겠지요?

지켜야 할 거리

로마 군대가 예루살렘 성을 포위하고 있을 때의 이야기예요.

성안 사람들은 어떻게 로마와 싸워야 할지 토론을 벌이고 있었습니다.

"절대 로마에 이 성을 넘길 수 없습니다!"

"하지만 로마 군대는 너무 강해요. 어차피 진 싸움입니다."

사람들의 의견은 자꾸만 엇갈려서 하나로 모이지 않았어요.

그때 성 밖의 로마 군대도 회의를 하고 있었답니다.

"성을 빼앗으면 학교와 교회부터 공격해서 가루로 만들어 버려라."

"장군님, 부잣집이나 곡물 창고를 먼저 차지해야 하지 않을까요?"

"바보 같은 녀석, 지식을 가르치는 학교와 사람들의 마음을 하나로 모으는 교회부터 사라져야 저들이 힘을 잃을 게 아니냐?"

"죄송합니다. 그런 깊은 뜻이 있는 줄은 몰랐습니다."

그런데 이러한 로마 장군의 마음을 꿰뚫어 본 사람이 있었으니……. 성안에 있던 대제사장 요하난이었습니다.

"내가 직접 로마 장군을 만나서 이야기를 해 보겠습니다."

"개미 새끼 하나 빠져나가지 못하게 포위를 당한 마당에 무슨 이야기를 한다는 겁니까?"

"너무 위험합니다. 그들은 분명 대제사장님을 죽일 겁니다."

모두가 반대를 했지만, 요하난은 성 밖으로 빠져나갈 방법을 떠올렸어요.

그날 밤 요하난은 아끼는 제자들을 불러서 부탁했어요.

"나를 좀 도와주어야겠다. 좋은 생각이 있으니 이렇게 해 다오."

요하난을 믿고 따르는 제자들은 그의 말에 귀를 기울였어요.

아침이 밝자 지난밤 요하난이 쓰러졌다는 소문이 성안에 퍼졌어요.

또 며칠이 지나고 요하난의 병이 깊어져서 세상을 떠났다는 소식이 들려왔지요.

"말도 안 돼. 믿고 따르던 요하난님이 돌아가시다니……."

"하늘도 무심하구나. 이제 우린 어쩌지?"

사람들은 요하난의 시신이 담긴 관을 보며 슬피 울었어요.

제자들이 관을 들고 성문으로 가자, 성안 병사들이 문을 가로막았어요.

"밖에 로마 군대가 있으니 함부로 성문을 열 수 없소."

"스승님을 땅에 묻어 드려야 하는데 묘지가 성 밖에 있으니 어쩌겠소."

병사들 역시 요하난을 존경했기에, 하는 수 없이 성문을 열어 주었습니다.

그런데 이번에는 성 밖에 있던 로마 병사들이 제자들의 앞을 가로막았어요.

"멈춰라. 당장 들고 있는 그것을 내려놓아라!"

"돌아가신 스승님이 모셔진 관이오. 아무리 적이라도 너무하는 게 아니오!"

제자들이 눈물을 흘리며 외치자, 로마 병사들도 주춤했어요.

"좋다. 허튼짓 말고, 장례만 치르도록 하라."

이렇게 제자들은 관을 들고 묘지로 향했습니다.

그런데 관 뚜껑을 열자, 죽은 줄 알았던 요하난이 벌떡 일어나는 게 아니겠어요?

"고생이 많았구나. 성 밖으로 무사히 빠져나오는 방법은 이것뿐이었다."

요하난은 제자들의 어깨를 두드려 주고는, 변장을 하고 로마 장군을 찾아갔어요.

“누, 누구냐! 감히 내 방에 함부로 들어오다니!”

“로마의 황제가 될 당신에게 부탁이 있어 왔습니다.”

장군은 자신이 황제가 된다는 말에 칼을 거두었습니다.

“흠, 내가 로마의 황제가 된다고? 그래. 너의 부탁이 무엇이냐?”

“훗날 로마가 예루살렘 성을 무너뜨리게 되면, 가난하고 병든 자들이 사는 야브네 거리만은 공격하지 말아 주십시오.”

"좋다. 네 말대로 황제가 되면 그 약속을 지키마."

몇 달이 흘러 요하난의 예언대로 장군이 로마 황제가 되었습니다.

그리고 로마 군대가 총공격을 펼쳐서 예루살렘 성이 함락되었어요.

"황제의 명을 내리노라. 야브네 거리만은 공격하지 말고, 그냥 두거라."

로마 황제는 요하난과의 약속을 잊지 않고 지켰어요.

그런데 사실 야브네 거리에는 성안의 모든 학교와 교회가 모여 있었지요.

이곳을 지키기 위해 요하난이 가난한 사람들이 산다고 다르게 말한 거였어요.

요하난 덕분에 예루살렘의 학교와 교회는 무사할 수 있었지요. 전쟁이 끝나자 야브네 거리로 선생님과 아이들이 모여들었어요. 그리고 자신들의 지식과 전통을 다시 아이들에게 가르칠 수 있었답니다.

나라와 민족을 지켜 주는 힘이 학교에서 나온다고요?

로마의 강한 군대 앞에서 예루살렘 성은 바람 앞의 촛불처럼 위태로웠어요. 그때 요하난의 머릿속에는 단 한 가지 생각만 맴돌았습니다.

"학교와 교회만은 꼭 지켜야 한다."

예전에 일본이 우리나라를 식민지로 삼았을 때에도 그 비슷한 일이 있었어요. 우리나라의 전통과 지식을 없애려고 학교에서 일본어를 배우게 하고, 이름도 일본식으로 바꾸게 했습니다. 우리가 알고 있던 언어와 지식을 지우고, 일본인으로 만들려는 속셈이었던 거예요. 하지만 조상들은 이에 굴복하지 않고 숨어서 우리말과 학문을 가르쳤어요. 이렇게 지식을 얻은 사람들은 우리나라가 독립을 이루는 데 큰 역할을 했답니다.

독서로 지식을 쌓은 김대중 대통령

김대중 대통령은 우리나라 제15대 대통령(1998~2003년)을 지냈어요. 젊은 시절에는 민주주의를 위해 싸우다가 감옥에 갇히고 사형 선고를 받았으며, 다른 나라에 망명을 하는 등 숱한 어려움을 겪었습니다.

김대중 대통령이 어려운 상황에 닥쳤을 때 큰 위로가 된 건 바로 독서였어요. 특히 1980년 내란을 일으키려 했다는 죄로 사형을 선고받았다가 사면되기까지, 감옥에서 보낸 4년의 시간 동안 많은 독서를 하며 마음을 다스렸지요.

김대중 대통령의 책을 읽는 방법은 흔히 '관찰 독서법'이라고 불려요. 그는 책 속의 글자 하나하나를 관찰하듯 집중하며 읽었다고 해요.

이 같은 독서법은 화초를 가꾸거나 곤충·동물을 관찰하는 것을 통해 자연스레 몸에 익힌 습관이라고 전해져요. 김대중 대통령은 평소 정원에서 여러 화초를 길렀고, 화초 주변을 맴도는 곤충을 관찰하는 것을 즐겨 했거든요.

김대중 대통령은 책을 통해 얻은 지식을 머릿속에만 담아 두지 않았어요. 주위 사람들과 자주 토론을 벌이며 생각을 나누었지요. 김대중 대통령은 다양한 분야의 책을 읽은 덕분에 누구와 어떤 주제로 이야기를 나누더라도 자신 있게 자신의 생각을 펼칠 수 있었어요.

김대중 대통령의 집에는 삼만여 권의 책이 빽빽하게 들어차 있다고 해요.

세계적인 기업가 빌 게이츠는 '하버드 대학교 졸업장보다 독서하는 습관이 더 중요하다.'고 말했어요. 세계 최고로 손꼽히는 대학의 졸업장보다 늘 독서하는 습관이 인간을 더욱 성장하게 한다는 의미예요.

흔히 책을 마음의 양식이라고 이야기해요. 우리가 먹는 음식이 몸을 건강하게 하는 것처럼, 우리가 읽는 책이 지식으로 쌓이며 마음을 풍요롭게 해 준다는 의미랍니다.

에필로그

'무엇'에 대한 책을 읽었다고?

그렇다고 '무엇'에 대해 다 아는 것처럼
뽐내며 떠들면 안 돼.

책을 읽었다고, 지식이 전부 내 것이 된 건 아니거든.
책에서 얻은 지식을 직접 눈으로 보고, 경험해 보아야
진짜 내 것이라고 말할 수 있는 거야.

행복

행복을 좇으려면
만족으로부터 멀어져야 한다.

임금님이 된 노예

어느 날 마음씨 좋은 부자가 자신이 아끼던 노예를 불러서 말했어요.

"그동안 날 잘 챙겨 주어서 고마웠다. 이제 너를 자유의 몸으로 풀어 주마. 넌 이제 노예가 아니다."

노예는 자신의 귀가 잘못된 것은 아닌가 놀랐어요.

"주, 주인님, 왜 저를 내쫓으시나요? 이제 제가 싫어지셨나요?"

"아니다. 너에게 정말 고마운 마음이 들어서 선물을 주는 것이란다."

부자가 따뜻한 눈길로 자신의 어깨를 두드려 주자, 노예는 그제야 이것이 꿈이 아니라는 것을 알았어요.

사실 노예의 몸으로 태어나서 여기저기 팔려 다니다가 부자를 만난 것은 행운이었어요.

다른 주인들처럼 때리거나 혼을 낸 적이 없고 인간적인 대우를 해 주었거든요. 그래서 노예는 온 마음을 다해 부자를 받들었답니다.

그런데 이제 부자가 노예에게 자유를 선물로 준 거예요.

"자, 너에게 줄 선물이 또 하나 있다. 어서 항구로 가 보거라."

노예는 두근거리는 마음으로 항구로 달려갔어요.

그리고 부자가 남긴 배 한 척을 발견하고선 무척 기뻐했지요.

노예는 망설일 틈도 없이 배에 올라타서 돛을 올렸어요.

"주인님, 정말 감사합니다! 어디에 가서든 행복하게 살겠습니다!"

하지만 며칠을 항해하던 노예의 배는 태풍을 만났어요.

세찬 파도와 비바람에 배는 산산이 부서지고, 노예는 목숨만 겨우 건져서 가까운 섬으로 떠내려갔답니다.

그런데 이게 웬일일까요? 섬에는 아주 커다랗고 화려한 도시가 펼쳐져 있었어요.

그리고 섬의 사제와 백성이 와서 "우리 임금님이 되어 주세요." 하고 애원하는 게 아니겠어요?

"저는 태풍을 만나서 배를 잃고 이곳에 왔는데, 임금님이라니요?"

"일 년에 한 번씩 바다를 건너오시는 분을 임금님으로 섬기는 게 우리의 전통입니다."

“꼭 임금님이 되어 주세요. 부탁드립니다.”

노예는 자신의 발밑에 엎드린 백성에게 임금님이 되겠다고 약속했어요.

그러자 백성들은 신나서 잔치를 열고, 노예를 환영했답니다.

밤이 늦어지자, 사제가 어두운 표정으로 노예에게 말했어요.

“임금님, 한 가지 말씀 안 드린 게 있습니다. 일 년이 지나면 이 섬을 떠나셔서 건너편 무인도로 가셔야 합니다.”

“무인도로 가라고요? 거긴 어떤 곳인데요?”

“실은 ‘죽음의 섬’이라고 불리는 곳으로, 살아 있는 것은 무엇도 심지어 나무 한 그루도 없사옵니다…….”

사제의 말에 노예는 잠깐 고민을 하다가 웃으며 알겠다고 대답했어요.

그렇게 노예가 임금님이 되어 섬을 다스린 지도 일 년이 지났어요.

사제에게 이야기 들은 대로 결국 노예는 무인도로 떠났답니다.

노예가 무인도 그러니까 죽음의 섬에 가서 어떻게 되었는지 궁금하지요?

사실 노예는 지난 일 년 동안 무인도에 과일나무를 심고, 동물을 옮겨 놓았어요.

덕분에 무인도는 죽음의 섬이 아닌 행복의 섬으로 변해 노예를 기다리고 있었답니다.

탈무드에서는 노예에게 자유를 준 부자를 '하느님'으로, 노예가 임금님이 된 섬을 우리의 '인생'이라고 합니다. 약속한 일 년이 지나 노예가 죽음의 섬으로 떠나듯, 우리도 나이가 들면 죽음을 맞이하게 돼요. 노예가 열심히 무인도를 가꾸었듯, 우리도 살아 있는 동안 착한 일을 많이 한다면 죽어서도 행복하게 지낼 수 있을 거예요.

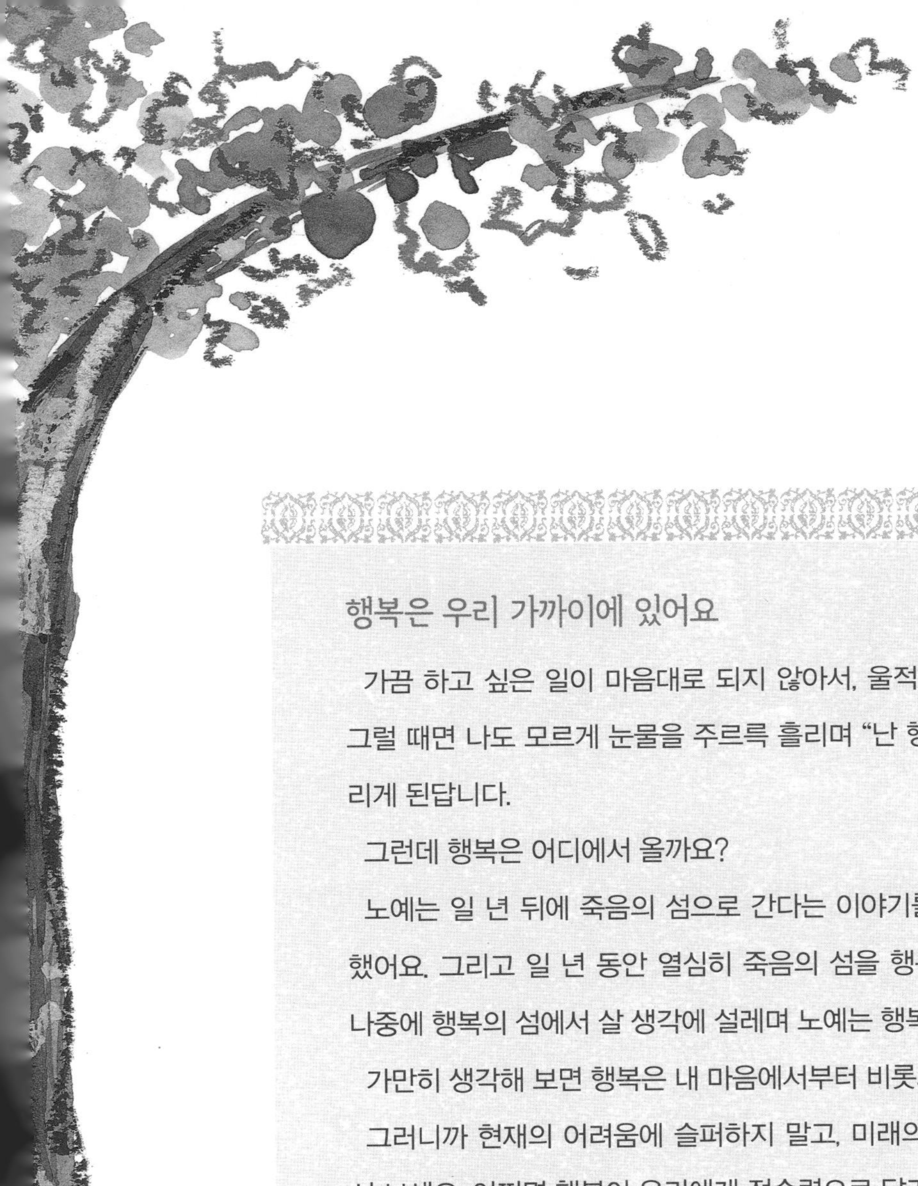

행복은 우리 가까이에 있어요

가끔 하고 싶은 일이 마음대로 되지 않아서, 울적한 마음이 들 때가 있어요. 그럴 때면 나도 모르게 눈물을 주르륵 흘리며 "난 행복하지 않아."라고 중얼거리게 된답니다.

그런데 행복은 어디에서 올까요?

노예는 일 년 뒤에 죽음의 섬으로 간다는 이야기를 듣고도 임금님이 되기로 했어요. 그리고 일 년 동안 열심히 죽음의 섬을 행복의 섬으로 가꾸었습니다. 나중에 행복의 섬에서 살 생각에 설레며 노예는 행복한 일 년을 보냈을 거예요.

가만히 생각해 보면 행복은 내 마음에서부터 비롯되는 것 같아요.

그러니까 현재의 어려움에 슬퍼하지 말고, 미래의 행복을 위해 꿋꿋이 일어서 보세요. 어쩌면 행복이 우리에게 전속력으로 달려오고 있을지도 몰라요.

가난해도 행복하게 거문고를 연주했던 백결 선생

신라 자비왕 때 백결 선생이 살았어요. 너무나 가난해 옷을 백 번이나 기워 입었다고 해서 이런 이름이 붙었지요.

백결 선생은 산기슭에 작은 집을 짓고 아내와 단둘이 살았어요.

"오늘도 밥을 먹기는 글렀구나. 배가 고프니 거문고를 연주해야겠다!"

백결 선생은 때때로 거문고를 타며 답답한 기분을 달래곤 했답니다.

어느덧 해가 바뀌고 설날이 다가왔어요. 다른 집들은 새 옷을 다듬이로 두드리거나, 절구에 떡을 찧는 소리로 요란했어요.

하지만 백결 선생의 집만은 새 옷을 지을 옷감도, 설날 음식도 없었기에 조용하고 쓸쓸했습니다.

"휴, 다들 설을 준비하느라 신이 난 모양이네요."

백결 선생의 부인이 밖을 내다보다가 한숨을 쉬었어요.

"죽고 사는 것도 가난하고 부유한 것도 다 하늘의 뜻이니 기운 내게."

그래도 아내의 표정이 마음에 걸렸는지, 백결 선생이 조용히 거문고를 가지고 나와서 말했어요.

"우리도 남들처럼 떡방아를 찧어 보세!"

백결 선생은 거문고를 연주하기 시작했어요. 그 소리가 마치 절구통에 떡반죽을 넣고 절굿공이로 찧는 것 같았지요.

그제야 아내도 눈물을 닦고 거문고 연주에 맞춰 "얼씨구!" 하며 행복하게 춤을 췄다고 합니다.

백결 선생의 연주 소리를 들은 사람들은 정말 떡방아를 찧는 줄 알고 깜박 속았지요.

백결 선생은 가난해도 행복하게 살 수 있다고 믿었어요. 그리고 믿음을 실천했지요. 백결 선생은 행복은 누군가 가져다주는 게 아니라 스스로 만들어 내는 것이라는 걸 알고 있었나 보아요.

에필로그

행복을 찾고 싶니?
도대체 행복은 어디에 있을까?

혹시 앞만 보고 달리면 행복을 찾을 수 있다고 믿어?

발을 멈추고, 뒤돌아봐.
행복은 생각보다 가까이, 어쩌면 등 뒤에 있을지도 몰라.

희망

희망은 미래를 자기 것으로
만드는 강력한 무기다.

우유에 빠진 개구리

물결이 찰랑찰랑 흔들리는 연못가에 개구리 세 마리가 놀고 있었습니다.

개구리 하나가 둥둥 떠 있는 연잎 위로 뛰어오르며 말했어요.

"얘들아, 어디 재미있는 일이 없을까?"

"그러게. 이젠 메기의 수염을 잡아당기며 노는 것도 지겨워."

개구리 친구들은 장난기가 가득한 눈으로 사방을 둘러보았어요.

하지만 언제나 그렇듯 연못가는 잔잔하고, 물속에서 헤엄치는 물고기들은 조용했어요.

"흐아암, 느티나무 아래에 가서 누가 더 높이 뛰나 시합해 볼까?"

"아니, 아주 좋은 생각이 났어. 다들 나를 따라와!"

개구리 하나가 웃으며 폴짝폴짝 뛰어가자, 친구들이 따라갔습니다.

"여기는…… 사람이 사는 마을이잖아?"

개구리들 앞에는 높게 솟은 빨간 지붕 집이 보였어요.

"엄마가 이런 데 가지 말랬어. 커다란 소에 밟히거나 닭에게 쪼일 수 있다고 했단 말이야."

"겁쟁이들! 엄청 재미있을 거야. 안 오면 후회할걸?"

말을 마친 개구리가 창문 안으로 쏙 들어가 버렸어요.

"어쩌지? 재 혼자 가게 놔둘 순 없잖아."

"그래. 우리 셋은 친구이니까 어딜 가든 한 몸이야. 어서 따라가 보자!"

이렇게 개구리 두 마리도 집 안으로 폴짝 뛰어들었습니다.

다행히 집 안에는 아무도 없었고, 시계만 똑딱거리며 움직였어요.

개구리들은 신기한 마음에 집 안 이곳저곳을 뛰어다니며 구경했어요.

그때 개구리 한 마리가 커다란 목소리로 친구들을 불렀어요.

무슨 일인가 달려가 보니, 커다란 그릇에 하얀 우유가 듬뿍 담겨 있는 게 아니겠어요?

"우아, 이건 뭐지? 연못 같은데 하얗구나."

"흠, 되게 고소하고 맛있는데? 너희도 한번 먹어 봐."

배가 고팠던 개구리들은 아무 생각 없이 우유 속으로 "풍덩!" 뛰어들었어요.

그런데 연못과 달리 나무뿌리나 연잎처럼 붙잡을 만한 것이 없었어요.

“이게 뭐야. 너무 깊잖아! 발이 땅에 닿질 않아!”

“으앙, 아래가 보이지 않아서 무서워. 살려 줘!”

개구리들은 겨우 그릇 가장자리로 헤엄쳐 왔지만 미끄러워서 다시 가운데로 밀려 났어요.

“흑흑. 괜히 사람이 사는 마을에 왔나 봐. 엄마가 보고 싶어.”

개구리 하나가 훌쩍거리며 느리게 헤엄치기 시작했어요.

“더는 힘들어서 못 하겠어. 이제 다리에 감각도 없어.”

그러더니 그만 우유 밑으로 “꼬르륵.” 하고 가라앉아 버렸답니다.

곧이어 다른 개구리 하나도 헤엄치는 것을 포기하고 우유 아래로 사라져 버렸어요.

이제 개구리 한 마리만 남았어요.

“안 돼. 난 여기서 죽고 싶지 않아. 멈출 수 없어.”

혼자 남은 개구리는 있는 힘을 다해서 계속 헤엄쳤어요.

그렇게 시간이 흐르고 개구리의 뒷다리에 물컹한 우유 덩어리가 닿았답니다.
개구리가 계속 우유를 휘저은 덕에 우유가 굳어서 크림이 된 거였어요.
"역시 함부로 희망을 버리면 안 되는 거야. 흑흑, 친구들아 안녕."
결국 개구리 한 마리만 살아남아서 연못가로 돌아갔습니다.

끝까지 포기하지 말고 희망을 가져요

마지막에 남은 개구리는 끝까지 헤엄을 쳤어요. 우유를 계속 휘저으면 크림이 된다는 것은 몰랐지만, 쉽게 희망을 버리지 말아야 한다는 사실은 알고 있었던 거예요.

항상 희망을 잃지 않는 긍정적인 마음을 갖는다면, 언제나 좋은 결과가 찾아올 거예요.

중요한 것은 희망을 품을 수 있는 내 마음이에요. 더 큰 희망이 자랄 수 있도록 가슴을 활짝 펴고, 밝은 생각을 가져 보도록 해요.

사자가 다녀가서 다행이야

당나귀를 탄 학자가 마을 어귀로 들어섰어요.

그 뒤로 짧은 다리로 열심히 쫓아오는 개 한 마리도 보이네요.

"오늘 밤은 어디에서 자지? 돈이 없는데 빈집이라도 있으면 좋겠네."

학자가 당나귀에서 내려서 고삐를 끌며 중얼거렸습니다.

벌써 몇 달이 넘게 여행 중이어서, 학자도 당나귀도 개도 많이 지쳐 있었답니다.

다행히도 학자의 눈에 아무도 살지 않는 빈집이 보였어요.

"좋아. 허름해 보이지만 지붕만 있으면 됐지 뭐!"

학자는 기분이 좋아서 빈집 앞에 당나귀와 개를 묶어 두고 안으로 들어갔습니다.

그리고 날이 어두워지자 등불을 켜고 책을 읽다가 잠들었어요.

어디선가 싸늘한 바람이 휙 불어와서 학자가 잠에서 깼어요.

어느새 등불도 다 타서 학자는 다시 눈을 감고 자 버렸답니다.

다음 날 아침이 밝았어요. 학자가 기지개를 쭉 펴며 밖으로 나왔어요.

그런데 당나귀와 개가 감쪽같이 사라진 게 아니겠어요?

"도대체 어디로 간 거지? 도둑이라도 든 건가?"

땅에는 핏자국과 함께 커다란 사자 발자국이 여기저기 찍혀 있었어요.

찬찬히 생각을 해 보니, 아마도 산에서 사자가 내려와서 당나귀와 개를 잡아 간 것 같았답니다.

"맙소사, 나에게 왜 이런 일이 일어난 걸까! 이제 나는 희망이 없어."

학자는 머리를 부여잡고 그 자리에 주저앉았어요.

당나귀가 없으니 당장 어떻게 다닐지 걱정이었고, 아끼던 개가 사라져 너무 슬펐어요.

학자는 온몸의 힘이 쭉 빠져나간 것 같았지만, 겨우 가방을 챙겨서 길을 나섰어요.

그런데 얼마 못 가서 어떤 여인이 서글피 우는 소리에 발길을 멈췄답니다.

"아주머니 무슨 일이 있습니까?"

학자가 묻자, 여인은 겨우 울음을 그치고 대답했어요.

"어젯밤에 산적들이 쳐들어와서 마을 남자들을 다 죽이고 돈도 빼앗아 갔어요……. 이제 어떻게 살아야 할지……."

여인의 이야기를 듣던 학자의 등줄기에서 땀이 흘러내렸어요.

'만약 어젯밤 산적이 지나갈 때 내 당나귀와 개를 보았더라면…….'

그러니까 사자가 당나귀와 개를 물어 가서 산적이 빈집인 줄 알고 그냥 지나간 거였어요.

학자는 그제야 사자가 다녀간 것이 다행이라고 생각했어요. 하마터면 산적의 칼에 목숨을 잃을 뻔했으니까요.

이상하게도 조금 전까지 희망을 잃고 축 처져 있던 학자의 몸에 기운이 솟아났어요.

'그래, 아무리 나쁜 일이 생기더라도 함부로 희망을 버리지 말자. 나쁜 일이 알고 보면 다행인 일일 수도 있는 거잖아.'

학자는 안도의 한숨을 내쉬며 다시 길을 떠났답니다.

어려움 속에서도 피어나는 희망

여행길에 오른 학자에게는 두 발이 되어 주는 당나귀와 벗이 되어 주는 귀여운 개 한 마리가 있었답니다. 친구나 다름없는 다정한 사이였어요. 하룻밤 사이에 사자가 그 둘을 잡아갔으니, 얼마나 슬펐을까요? 그런데 사실은 더 무서운 일이 그날 밤 벌어지고 있었어요. 무시무시한 산적이 마을을 휩쓸었거든요.

나쁜 일이 생겼다고 해서 함부로 희망을 버리지 마세요. 학자의 이야기처럼 어쩌면 나쁜 일이 다행인 일로 바뀔 수도 있으니까요.

희망의 소식을 전한 전령과 마라톤

마라톤은 42.195킬로미터를 쉬지 않고 달리는 스포츠랍니다. 인간의 한계를 뛰어넘는 도전을 통해 희망을 보여 주지요.

마라톤이 어떻게 시작되었는지 그 유래를 살펴볼까요?

기원전 490년 페르시아가 그리스를 손에 넣으려고 호시탐탐 노리고 있었어요. 이때 그리스는 여러 개의 도시 국가로 이루어져 있었지요.

어느 날 페르시아가 10만 명의 군사를 이끌고 그리스의 아테네를 쳐들어왔어요. 아테네는 1만의 적은 군사로 페르시아에 맞섰지요. 페르시아와 아테네는 마라톤 평원에서 큰 전투를 벌였어요.

격렬한 전투 끝에 아테네가 페르시아를 물리쳤어요. 이 기쁜 소식을 빨리 아테네 시민들에게 전하고 싶어 '필립피데스'라는 병사를 전령으로 뽑아 보냈지요.

필립피데스는 희망과 기쁨의 소식을 빨리 전하고자, 쉬지 않고 달렸어요. 그리고 마침내 아테네에 도착해 외쳤지요.

"기뻐하라, 우리가 승리했다!"

이 말을 마친 필립피데스는 그만 쓰러져 죽고 말았답니다.

이 이야기는 사람들의 입을 타고 이어지다, 1890년대 프랑스의 쿠베르탱에게까지 전해졌어요. 고대 올림픽을 부활시키기 위해 준비 중이던 쿠베르탱은 이 이야기를 들은 뒤, 긴 거리를 쉬지 않고 달리는 운동 경기를 만들기로 했지요.

달리는 거리는 42.195킬로미터로 정했어요. 필립피데스가 달린 거리를 실제로 측정해 보니 약 40킬로미터였고, 1회 올림픽이 열린 프랑스 파리의 경기장 상황에 맞춘 거리였지요. 이 경기의 이름은 아테네가 페르시아와 전투를 벌인 마라톤 평원에서 따왔답니다.

에필로그

눈앞이 캄캄해.
모든 것을 다 잃은 것 같아.

하지만
해가 뜨기 전이 가장 어둡다고 했어.
지금의 어두움과 어려움은
밝은 빛을 보기 위한 준비 과정일 거야.

두려워하지 말고
용기를 잃지 말자.
희망이 곧 나를
찾아올 테니까.